九龍城寨

CITY OF DARKNESS

余兒——著

暗黑王道經典之作！
原著小說改編漫畫榮獲
第七屆日本國際漫畫賞！

九龍城寨

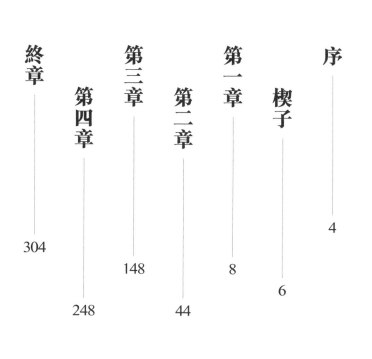

序

《九龍城寨》是我寫作之路的起始，也是我人生路徑的轉捩點。過去十年，由小說出發，而後有了漫畫改編，榮獲第七屆日本國際漫畫賞；後來又授權了桌遊、手遊、線上遊戲；而等了好幾年的電影版改編亦進入順遂的直路。收穫甚豐，遠超乎當初想像。

儘管路走多遠，原點還是文字。早在當年《九龍城寨》第一冊推出不久，已有台灣出版社垂青引入；作品能夠面市台灣讀者前的狂喜之情，到今天，依然歷歷在目。前幾年，我開辦了出版社，於是把舊版由頭至尾審視一次，嘗試去蕪存菁，推倒重寫，改寫了某些人物的發展及下場，亦增加了不少新的情節和想法。是為全新修訂版本，及後再寫下後續故事。於是全套作品成了四部曲。另加一冊名為《龍頭》、有關龍捲風的外傳故事。

去年跟「奇幻基地」達成出版協議後，我向責任編輯張世國先生建議，不如把這次重新包裝和編修的台版《九龍城寨》改為三部曲：第一部是獨立的「大老闆篇」，第二部及第三部則為「雷公子篇」，這樣的分佈，節奏將會比港版更緊密。風格上，第一部跟二、三部會略有出入：前者的架構偏向超現實武俠；後者則是較為寫實的黑幫復仇劇。第一部，主角火兒是熱血小子，憑一股作氣，無懼一切勇往直前，結識了生死之交和一生最愛；至於第二部以後，所有角色在歷練以後，被逼成長，少了稚氣，多了顧慮和計算。唯一不變，是情誼。

我寫故事，一向以人物先行。如果要說《九龍城寨》的好看之處，當然談不上情節驚天地，或結構泣鬼神，甚至也不是寫作技巧有多好、意境有多高，答案應該是書中的虛構人物，每一個都有獨特個性，角色間的情感眞摯，讀者一旦投入了，會很喜歡他們。我自己，就特別喜歡第二部的信一和AV，希望你們也會感受到他們的魅力。

余兒 2019.03

楔子

孩子在踢我。

老狗在喘氣。

而我有點累。

於是我跟身旁的男人撒嬌：「我們走不動了，你抱我們好了。」

「不要！妳知不知道妳胖了多少？」

「還不是因爲你，我已第三次懷孕啦，比起當年，當然胖很多！」

「哈哈。」男人一笑，蹲下身摸了摸老狗的頭：「小白乖啊，快到了。」

這時他的手晃動，讓我清清楚楚看到那隻鮮黃色哈哈笑手錶。依舊好搶眼。就算過了這麼多年，每次看到還是想笑，覺得讓它戴在這麼一個堂堂大男人的結實手臂上，蠻有滑稽感的，孩子氣到不行。

於是我笑。以前的我笑得不多，現在的我總是在笑。

雖然這麼多年了，每當我笑，他還是會憨憨地看傻眼。屢試不爽。像是一種條件反射。

偶爾，還會情不自禁地說：「不管什麼時候看妳笑，我都覺得幸福。」今天他就又說了。

這純情男人是我最愛也最愛我的人。此情此景之所以會說出肉麻話，其實也是很合情合理的，只因我們此刻要去的地方，於我們甚至於狗狗而言，是那麼的特別。

拐過彎，一直步履蹣跚的小白突然像上了電般越過我們，發足狂奔，直至來到一個聳立了兩塊巨型石碑的公園入口。

「汪汪！」小白神氣地吠，回頭催促我們走快點。

右邊的一塊，刻著「九龍寨城」。

「我在這裡遇見妳，已經是七年前的事了。」他說。

小白在亢奮吠叫。

孩子在使勁踢我。

而我笑得更深了。

裡面，有過我們一段年少輕狂的故事。

第一章

Chapter One

1988

1.1 火兒・吉祥・十二少

「吉祥哥，別打了……再打下去，我會死的啊！」

廟街，唐樓（注）天台。

吉祥彎著身，端詳著已被打至鼻青臉腫的巨砲。

「會死嗎？對不起呢，都怪我太重手……」吉祥重新站起來，一腳踹在巨砲心口上：「那我不用手，改用腳吧！」

吉祥這一踹力度猛烈，把巨砲踢飛至幾十呎外。

「竟然不能把他踢上天花板，眞是失敗！」吉祥拿起地上的小鐵鎚，上前：「看來還是要用到武器才行。」

一見吉祥手中的小鐵鎚，巨砲嚇得魂飛魄散：「吉祥哥……有事好說，別用到那傢伙……我死不打緊，弄污你雙手不好嘛……再給我一星期時間，我保證連本帶利還清欠債。」

「你有本事在一星期內籌措十萬元嗎？」吉祥把巨砲一手壓在地上，執鎚的手作勢砸下：「反正收不到錢，砸爛你的手出出氣也好！」

「求求你別這樣！一晚時間，多給我一晚時間！我現在立即籌錢！」巨砲快要撒尿啦。

「十二點之前你籌不到錢給我，我便割了你的蛋蛋下來餵狗！」吉祥冷笑。

吉祥活躍於廟街一帶，乃「架勢堂」第二號人物十二少的得力門生。

小子不過二十出頭，一頭紅髮，緊身皮衣。眇了右目，戴了個骷髏圖案的眼罩。他十六歲便跟隨十二少出來道上混，個性直率，有點浪蕩，亦帶點輕狂。

看來玩世不恭，一旦踏上戰場，卻是個狠角色。

今晚落在他手上的巨砲，則是個臭名遠播的混混，三十多歲還一事無成，最愛自吹自擂。每次行動，例必失蹤，貪生畏死，雜魚一名。

十萬元並非小數目，再講義氣的人，也不會貿然借予別人吧。

何況巨砲根本沒有眞心朋友，誰又會爲了他而開罪「架勢堂」的小霸王呢？

「巨砲，你別再打給我了，我什麼忙也幫不上！再見啦！」第十二個拒絕救助的回應。

「沒一個有義氣的，去吃屎吧！」巨砲對著手提電話大吼。

「吃屎的看來是你才對吧，還有半小時便到十二點，你連十元也籌不到，看來今晚你就要跟蛋蛋說再見了。」坐在巨砲身後的吉祥得意地說。

巨砲心裡發毛，急得汗如雨下：「誰能救救我？到底誰能救救我啊？」雙手不斷翻揭電話簿，焦急之情完全顯露臉上。

注：唐樓是中國華南地區、香港及澳門，甚至東南亞一帶於十九世紀中後期至一九六〇年代的建築風格。唐樓不少混合了中式及西式建築風格。

突然，巨砲瞳孔放大，視點停留在一個名字上。

——火兒。

「我跟他……只見過一兩次，他會記得我嗎？」巨砲暗忖：「聽說火兒很講道義，我和他雖沒有交情……但總算同門一場，說不定，他會幫我！」

巨砲不知廉恥，管不了機會渺茫，當下便立即致電火兒。

電話接通，話筒響起了一把略帶沙啞的磁性聲線：「喂。」

「喂……請問你是不是火兒哥啊？」巨砲聲音發顫。

「對。你是誰？」

「火兒哥……我叫巨砲，跟你一樣是『暴力團』的，這次你眞的要幫幫我，否則我死定了……」下刪幾百字。巨砲老實不客氣，一口氣說出救命宣言：「火兒哥，我知道十萬元並非小數，但我可以發誓，一定會把錢還給你的！」

「……」電話那頭，一片沉默。

「火兒哥，我求求你！今日你若肯救我，我今生今世也不會忘記你的大恩大德！」巨砲影帝上身，一副煩死人的淒厲哭腔。

「十二點前，我會到。」

「多謝火兒哥、多謝火兒哥！」

半小時後。

巨砲的救星來到吉祥的地盤。隻身一人。

沉重踏實的步履，從容不迫的神情；男人五官俊逸而硬朗，整張臉容自然散發著敏銳和精悍的氣息。

都說做人最緊要的就是勢，男人高大肩寬，體格壯碩，眼神如鷹隼銳利，一望而知並非泛泛之輩。

跪在吉祥腳下的巨砲，一見火兒，即露出小狗看到主人的表情。

「火兒哥！你來啦！」如果有尾巴，巨砲一定搖得很厲害。

「未輪到你說話！」吉祥踢了巨砲的屁股一下，望向火兒：「你就是火兒？」其實吉祥一見來人氣度，就知道他就是「暴力團」的當今猛人，但還是循例一問。

「正是。」火兒撥了撥銀白的頭髮：「可以放人嗎？」

「錢呢？」

「沒帶。」

「沒帶錢，膽敢要我放人？」吉祥吼道：「信不信我當場把你倆幹掉？」

吉祥猛地一喝，在他身後的幾名大漢立時踏前一步，準備隨時動手。

「賣個人情給我可以嗎？」

「我爲什麼要賣人情給你？」

「大家也是在道上混，多一個朋友，總比多一個敵人划算吧？」

「一句話想蒙混過關？你白癡還是當我白癡啊！誰想跟你當朋友？」

「不當我朋友，那即是當我敵人？」火兒目光如利刃，猛然出鞘。「想跟『暴力團』過不去的話，你們儘管動手！」

「……」

火兒名震江湖，乃「暴力團」當朝大紅人，吉祥雖是大無畏的小霸王，一時間也不敢妄然對他動手。

氣氛霎時膠著下來。

「你作不了主，我有個建議……」火兒頓了頓，道：「帶我見你老大十二少，我親自跟他談吧。」

榕樹頭大笪地(注)，臨時搭建的神功戲棚上，正上演一齣武場粵劇。

台下觀眾，只有寥寥十數人，全部都是花甲老伯，除了混在其中的一個廿六、七歲男子。他頭戴冷帽，打扮入時，拿著一包花生，與現場環境格格不入，卻似乎看得津津有味。

「阿大，那個火兒又沒錢又要我放人，說什麼在道上混，多一個朋友，總比多一個敵人好，對白比我老母還要老……」吉祥向他口中的阿大手舞足蹈地覆述剛才發生的事。

「小吉，我發覺你最近很多話。」男子眼簾半合，像在打瞌睡：「他在哪裡？」

「在空地那邊。」

「叫他過來，你可以回家。」

「哦，知道了阿大。」吉祥垂下頭，不情不願地離去。

不一會，換火兒來了。

「你就是十二少？」火兒坐在男子身旁。

十二少豎起拇指指向背後：「該不會是後面那班耆英吧？」

火兒的目光落在眼前這個全無霸氣兼帶點慵懶的人身上。

十二少比火兒早出道，他冒起時，火兒不過是個初出茅廬的小混混。十二少大名，火兒聞名已久，今日終於一見。

這就是近年在江湖上名氣大噪的「架勢堂」第二號人物。眞人原來如斯模樣，有趣。火兒忖度。

「你的膽子都算大了，沒帶錢就來要人，現在還敢走到我面前來？」十二少眼角瞄了瞄火兒：「有沒有想過，自己今晚不能走出廟街？」

注：粵語中有「一大塊空地」、「開闊簡陋、專賣平價貨品的地方」意思。在香港是以前的一種夜市，有跳蚤市場，又有大排檔，還有表演節目，被稱為「平民夜總會」。

「傳聞中的十二少是個講道理的人，你該明白，提款機是提不出十萬元的。」火兒笑說：「我又趕著來救人，所以才帶不夠錢。你放心，我當巨砲的擔保人，如果他一星期內未還清欠債，你來找我！」

「你應該不會撇帳吧？」十二少把一顆花生放入口：「聽說你忠心幫會，對朋友同門很講義氣，今日一見，果然名不虛傳。不過連巨砲這種角色也幫，你的義氣似乎已到了氾濫的地步。」

「巨砲的生死，我根本全不在乎，不過難得他落在你們手上，我又怎可以放過跟你會面的機會呢？」

火兒說得直率。毫不諱言，他一直很想結識眼前這個雄霸廟街的風雲人物。非關巴結，非關結盟，或許，一開始是好奇，沒料到，往後是惺惺相惜。

黑道上，稱兄道弟的人很多，但大多都是酒肉朋友，能說心底話的知己，從來少之又少。

十二少慵懶的眼神，閃過一刻銳利，眼眸深處隱現一絲光芒，帶點笑意，又帶點慧黠。

慧眼識英雄的況味。

別看十二少一副游手好閒的模樣，就以爲他沒什麼殺傷力。這個十三歲便打滾江湖的人，閱歷豐富，看人的眼光奇準。

「你也算是一表人才，不過……可惜、可惜。」十二少淡然。

「可惜什麼呢？」

「可惜你入錯幫會，跟錯了人……」十二少輕描淡寫：「大老闆爲人張狂霸道，爲擴展『暴力團』勢力，近年不斷攻城掠地，樹敵八方，你身爲他的頭號門生，也難免成爲眾矢之的。」

「對與錯，有時候視乎觀點與角度。」火兒雙手放在後腦：「沒錯，大老闆性情暴烈，惡名昭彰，一出手便不留餘地。但，要冒出頭、混得起，就該行霹靂手段。哪個頭角崢嶸江湖巨頭，沒心狠手辣的一面？總之他沒虧待門生，沒出賣兄弟，眞心視我們爲手足就夠了。」

「嗯。」十二少不置可否。

曹操也有知心友，關公亦有對頭人。再惡再壞的人，也總會有人欣賞。何況，這是別人的「家事」，十二少也不便再說下去。

這時，不遠處傳來一陣沉重的步履。

二人循聲看去，瞧見十幾個手執西瓜刀的大漢，殺氣騰騰，正朝十二少方向而來。

「十二少，你今天死定了！」爲首的大漢，唸出毫無說服力的台詞。

十二少望了望，打了個呵欠，別過頭，懶得理睬。

「哦？」火兒以食指輕力戳向十二少的臂膀：「十二少先生，那班刀手顯然衝著你而來，需要我幫手嗎？」

火兒好整以暇，摩拳擦掌，準備大顯身手。

「眞麻煩，想靜靜地看完這齣戲也不能。」十二少伸伸懶腰，把花生交給火兒：「你別插手，吃著花生看我表演啦。」

刀手來勢洶洶，耆英們爲保老命，突然運動健兒上身，以九秒九的極速身法逃離現場。

火兒望向後面：「嘩，幾位伯伯果眞老當益壯，哈哈。」

「十二少，納命來！」又是一句新意欠奉的對白。

眼見刀手的刀迎面劈下，十二少卻仍氣定神閒，不爲所動。

當刀鋒距離十二少不足半呎時，瞥眼，刀刃已脫手飛上半空。

刀手還未來得及思考怎麼回事，便被重重的摔下來。

接下來再幾人衝殺上前，走到十二少身前，正作勢出刀之際，同樣落得摔在地上的下場。

十二少出手矯捷無倫，刀手們上一秒還在進攻，下一秒卻已倒下，完全看不到他何時出手。

只有火兒才捕捉到十二少的出招動作。

「好厲害的柔術。」火兒邊吃花生邊看戲——台下這一齣。

轉眼間，又有幾人倒下。

十二少的手法雖快，但他只有一雙手，又沒長後眼。他正應付著前面兩名刀手，冷不及防身後的來襲。

刀，橫劈向十二少的後背。

「碰」的一聲，那個偷襲十二少的刀手，被一股巨大的衝力，轟飛了好幾十呎。

同一時間，十二少也解決了二人。

十二少望向火兒，故作不屑：「誰叫你出手？」

「救了你，多謝也沒一句？」

「就算你不出手，我也應付得來。」

「我一時技癢，情不自禁……你別見怪。」火兒哈哈一笑：「反正也動了手，不如就讓我繼續玩玩。」

「隨便你。」

十分鐘後，全數刀手倒下。

「傳聞你刀法了得，想不到柔術也如此厲害。」火兒取出一支菸，遞給十二少。

「你的拳頭也不錯。」十二少擺擺手：「吸菸危害健康，別算上我。」

「今日的對手太差勁，未能讓我盡顯身手，下次再有大場面，記得通知我。」

「看來你有點過度活躍。好，下次一定算上你的份；禮尚往來，若你要幫手打架，也儘管找我，到時讓你見識一下我的刀法。」

「一言爲定。」火兒重重握住十二少伸過來的手。

即使不是同一幫會，即使江湖本是爾虞我詐的喋血之地，然而惺惺相惜的雙雄，還眞的從這一天開始，莫逆相交起來。

1.2 大老闆・王九

接下來的日子，火兒的名字在道上更響亮。

他努力爲大老闆擴展版圖，以狂風掃落葉之勢連環攻陷了幾個地盤，短短幾個月已成功取下七連霸的輝煌成績，勢頭一時無兩。

「暴力團」的火兒，道上幾乎無人不識。

可就在火兒如日方中之際，剛從台灣辦事回港的他驚聞噩耗——麾下直系門生在不同地方遭到突襲或橫禍，傷亡近百人。還有幾個重要地盤被連環攻陷。

對方一定對自己的陣地非常熟悉，才能在短時間內以雷霆萬鈞之勢，毀其營地、斷其兵力！

到底誰人有此能耐，可以發動這一場滅族大清洗？

膽敢找「暴力團」的麻煩，這幫人定是嫌活不耐煩了！

火兒推開桌球室的大門，場子早被搞砸。十數名門生滿身是傷，倒在地上。

其中一人看見火兒進來，在地上匍匐而前，發出瀕死的氣若柔絲的聲音：「火兒哥……」

火兒扶起他，既心痛又怒火中燒，咬牙切齒問道：「金仔，知不知道是哪一幫人幹的？」

「知道……那班刀手……全是……大老闆的人呀。」

「什麼？」火兒呆住：「對付我們的人……是大老闆？」

油麻地果欄（注）。

黑夜的天空颳起了十級風暴，狂烈暴雨。

渾身充盈復仇火焰的火兒，正要踏入這個九反地帶。

果欄對外的大馬路上，站滿了殺氣騰騰的刺青大漢，每一人手上都緊握著利刀，如野獸的目光，緊盯著隻身而來的火兒。

面對眼前逾百大漢，火兒視如無物，帶著沉重足履在新塡地街的馬路上昂步而行。

眼看火兒步步趨前，一名右臂刺了下山虎圖騰的大漢，深深吸一口氣，踏出一步：「火兒，今日殺不了你，大老闆一定不會放過我們，一場同門，你也不想我們爲你而死，你就自行了斷吧！」

火兒沉聲：「讓路！」

下山虎大漢怒道：「死不足惜！全部上！」

一呼百應，四方八面的刀手像是滔天惡浪，向同門兄弟凶噬而去。

轟隆——

白電橫空。

殺聲震天。

經過一輪血拚，大漢們七零八落地倒在大馬路上，只有火兒仍能站著。他一人一刀力敵百人，把截路者統統擊下。可是他也不好過，他的外套，早已染成鮮紅。

染料，自然就是他的血。他那比誰都要熾熱的血。

濕了的外套有點重，火兒把它緩緩脫下。新添的創口正在淌血，可右臂上有道深而長的舊疤痕，也相當醒目——這道「戰績」如何得來，又是火兒人生中的另一個故事了。

無關血腥，反倒是甜蜜的故事。

不過現在顯然不是回憶的好時刻，這一刻，受了傷的火兒，再次邁步，踏著血路走進果欄內一條長巷大街。

果欄是以兩層式的建築設計，長巷大街兩邊都是密密麻麻的攤子，二樓爲住屋及帳房，很具戰前特色的裝潢。

大巷盡處，一個身穿皮草大褸，內裡沒有任何襯衣，頸項戴上一條粗大的誇張金鍊，肌腱似鋼的魁偉軀體，正安坐中央，右手不住從身前的熱鍋中夾出熟食，囫圇吞下。

注：原名為九龍水果批發市場，常簡稱「果欄」，是香港主要水果批發市場，位於九龍油麻地，北臨窩打老道，南抵石龍街，西為渡船街，東為新填地街。

他雖未說一句話，卻已予人一種不寒而慄的窒息感覺。

巨漢身後，還站了個一身灰衣，長髮披面，頭顱低垂的瘦削人物。構圖有夠詭異的。

知道火兒來到跟前，巨漢才好整以暇，緩緩抬頭。

氤氳熱氣中，隱約透現其輪廓突出的五官，臉上筋肉虬結，方面大耳，光禿禿的頭上，還要刺上精緻的圖騰，先天與後天都是那種會弄哭小女孩的典型惡棍模樣，一看就知是個生人勿近的角色。

外加一個令人聞風喪膽的名號——大老闆！

「火兒，獨闖龍潭，果然厲害。」大老闆開腔，露出上下兩排金牙。

「一直以來我對幫會忠心耿耿，你要我幹的事，我從沒過問原因，總給你辦得妥妥貼貼。對你稍有威脅的人，我替你把他們一一翦除，不斷為幫會擴展版圖，為你打下鐵桶江山。」火兒趨前：「我一心只想壯大幫會聲威，沒想到我的付出竟換來這樣的下場！」

五指緊握刀柄。血水從指縫間滲出來。

「為何你要在我離港的幾天，強奪我的地盤，把我派系門生趕盡殺絕？」是不忿，也是不解：「奪我地盤這筆帳我可以作罷，但你殺我兄弟的仇，卻不能不報！」

火兒悲憤心痛填膺。牙關得用力咬緊才不致抖震。

「為幫會？NO！NO！NO！你只是為了利益、為你自己！」大老闆口中嚼著肉：

「這幾年你由一個小角色，擢升為一區頭目，走紅得這麼快，人也變得囂張。以前你明明很有禮貌，每朝都會跟我說早安，可自從成名之後便目中無人，晚上也沒打電話給我說晚安。我身為『暴力團』董事長，當然有責任把你教導，為了挫滅你的氣焰，唯有打壓你，我真是用心良苦呢！」

廢話連篇，滿腔歪理！根本就是在火兒的復仇火焰上加油。

大老闆突然呼吸困難，原來啃到骨頭，一手撐著桌子，另一手在扣喉，幾經辛苦，終於把卡在喉頭的東西吐出來。

「咳咳咳……咳咳咳……食不言、寢不語果然是金玉良言……差點給噎死了……幸好我經常做善事，得到老天爺保祐我……換另一人相信已去了地府報到！」

火兒沒理會大老闆的話，他只注視著剛才大老闆吐出之物。

那東西剛好落在火兒的腳邊，拾起來一看，本已怒火中燒的火兒即神色劇變。

——一隻指環。

火兒認出，那隻指環，是他送給慈母的生辰禮物啊！

火兒隨即在想：泯滅人性的大老闆，殺掉了我母親，將她的骨骼作湯底，肉身作材料，製成這頓人肉火鍋煲！

啊啊啊啊啊啊啊啊啊，撕心裂肺的痛楚走遍全身每一吋，痛得肝腸寸斷！

「我要將你碎屍萬段！」紅了眼的火兒誓要取眼前人的狗命。

「火兒啊火兒，你愈來愈過分了，竟敢以下犯上，拿傢伙砍我？」大老闆揚起眉頭：「沒法子了，你要接受家法，處刑，三刀六眼。」

三刀六眼乃幫會家法刑罰的一種，處刑者將被利刀直貫身軀三刀，前進後出，造成六個血洞，是為三刀六眼。

火兒充耳不聞，雙手握住刀柄，向大老闆頭顱俯劈而下。

大老闆：「王九，執法──」，語音未落，一陣鐵鍊聲破空響起。

噹──

銀光閃起，一條粗大的鐵鍊把火兒劈向仇人的奔雷一擊震開，火兒甫一定神，便見一直站在大老闆身後的灰衣人，已來到自己眼前。

只見此人死灰臉色，和他一身灰衣可謂襯絕。神情頹喪，大病初癒似的。

更突兀的是，這被喚作王九的人，竟真像條黃狗，頸項扣上一個鏽蝕的鐵環，環上繫著那條粗大的鐵鍊。

「索索……」王九鼻子不斷嗅索，右手同時祭起中指及食指：「來來來！給殺了我，給殺了我。」

火兒朝王九方向劈出一刀，眼看刀鋒快要砍在他的身上之際，竟然落了空。

不知在何時，王九已來到火兒身後，還近距離在他後頸嗅索。

火兒愣住。手心冒出冷汗。揮刀回身橫劈。

刀勢突然頓住。

王九竟以兩根指頭把無儔勢道的刀鋒夾住。

「索索……」王九失落道：「你殺不了我……」

他的鼻子似可以嗅出敵人的級數。近距離一嗅，王九就知火兒沒有殺他的能力。

王九兩指一反，火兒的兵刃立即脫手。

差不多同一時間，火兒右胸被一物穿體而過，身軀立時多了兩個血洞。

火兒暗忖：「怎會這樣？」未及回神，火兒腹肚一陣劇痛，竟又中一招。

火兒明知出招者是王九，卻看不見他的招路和動作，當然也來不及招架，只能索性不作迴避，全神貫注留意王九下一步的攻勢。

這一刻，四周的空氣恍如凝固，雨水落到半空亦突然停下，一切事物像處於靜止狀態。

唯一在「定鏡」畫面裡活動的，只有那個灰衣人王九。

王九祭起「劍指」。

火兒終於知道，在他身上造成四個血洞的，並非什麼神兵槍炮，而是王九的一根指頭。

一根比利刀更鋒利、比子彈更具威力的指頭！

第三道劍指朝火兒左胸疾刺，火兒本能出拳迎擊。

拳指交鋒，火兒只覺揮出之拳如泥牛入海，明明觸及到王九指頭，卻沒有震開對方，或被對方震開。

全因王九的招勢著實太快，火兒能觸及的，只是劍指的殘影。

當劍指命中火兒時，靜止的畫面亦再次運行。時間本來就沒有停頓過，一切都因爲王九的動作太快之故，才構成這個吊詭異象。

曾經有一個徒手把子彈夾在指間的武林前賢說過：「天下武功無堅不破，唯快不破。」王九此刻的修爲，已經到達這個境界。

王九一拳擊出：「你殺不了我，你殺不了我。」

轟——

拳，要命的落在火兒胸口，爆出訇然巨響！

中拳的火兒，身子如箭離弦，飛到數十呎之遙。

退勢甫頓，火兒即感五內如焚，灼燙難耐。喉頭一痛，鮮血從口中猖獗冒湧。拳勁在體內急動疾旋，似要將其五臟六腑絞磨成漿。

敗了！而且敗得很難看，很徹底。

王九意猶未盡，有如脫韁野馬飛撲向火兒之處：「來來來！我再給你一個殺我的機會。」

這下好了，莫說要報大仇，就連全身而退的機率也相當渺茫了吧！

豈料，大老闆卻勒緊那條繫著王九頸項的鐵鍊：「回來。」

套上頸環的王九，如狗般被大老闆限制著活動的範圍與自由，只要大老闆喜歡，他便要乖乖停下，不能不從。

王九的去勢給硬生生勒住，卻無半點不悅之色，往後翻了幾個觔斗，站回大老闆的身後。

「走吧。」大老闆揚手：「今晚我不殺你。」

對大老闆而言，要取火兒性命就如殺掉一隻蟑螂般容易，偏偏，這個乖戾人物卻就這樣放生了他。

火兒當然希望能夠爲死去的兄弟及母親報仇，但是自己已是強弩之末、勢窮力絀。硬要逞一時之勇，只會換來粉身碎骨的可笑下場。

要復仇，就得留住性命；要留住性命，就得作出果斷的決定，逃！

逃出大老闆的視線，逃到千里之外！

火兒冒著風雨暴走，心中承受著一份極度難堪的屈辱。

今天，他是徹底輸了。輸掉了名聲，輸掉了尊嚴！

但他卻沒有輸掉了最重要的復仇機會。所以他還留有跟大老闆賭下去的籌碼。

其實，火兒此行本就沒有絕對的信心能手刃大老闆，但他還是踏出了這一步，只因他從來都不是一個喜歡計算的人，凡做大事的人物，都不可能有十足的勝算，有十足勝算的事，任誰也能做到。有云：常人皆能辦大事，天亦不必生梟雄。

明知不可為而為者，才能開創豐功偉業、驚人成就！

大老闆做夢也想不到，今天放虎歸山，竟造就了一個前無古人、後無來者的英雄傳奇。

火兒當然也不會知道，今日一逃，會逃出了另一片天空，不但領略到不曾想像過的人間眞諦，也會為自己奠下了稱霸江湖的重要基石。

而且啊，那將會是一場可歌可泣的——

浪漫大逃亡！

1.3 逃

油麻地百人斬轟動全城，火兒頓成江湖熱話，萬人焦點。

眾人在談論的，並非他如何憑一人之力擊倒近百名同門，而是他竟敢搦戰大老闆。此舉等同送死，但火兒最後也能活著離開。一時間，江湖議論紛紛，猜測火兒為何能在大老闆手上逃脫，鬧得滿城熱烘。

直至大老闆發放了一道江湖令，疑團才得以解開……

百人斬事發後第三天。

夜，銅鑼灣。

三日前，逃過大老闆魔掌的人，今日仍然在逃。

「嗄嗄嗄……」

血，從火兒身上數不清的傷口中流下，他卻強忍痛楚，拚命奔逃。逃避身後數十名窮凶極惡的亡命刀手。

大老闆放生火兒的第二天便向道上宣布，已經把火兒逐出幫會。

江湖上各路人馬只要有能力從火兒身上取下一節肢體，便能獲分他昔日一角地盤。

取得肢體愈多，能分到的地盤便更多。唯一的條件就是不能取下他的命。

本來以火兒名動江湖的實力，就算被逐出幫會，也理應沒有幾人敢捋虎鬚、以身犯險的。但大老闆早也料及此著，所以他也把火兒身負重創的消息一併發放，令許多妄想一夜成名、卻沒有眞正實力之輩，發瘋似地爭奪這塊瑰寶。

自三天前身中王九一拳之後，火兒的內傷一天比一天嚴重，鮮血吐個不停，此刻狀態只有巔峰時期的三成。

追兵如蛆附骨窮追不捨，迫得火兒逃跑到大馬路上。

不斷失血的他意識已漸覺模糊，就連危機感也大大減低，火兒竟不知道一輛以時速五十公里行駛的雙層巴士，正迎面而來！

砵——

巴士的響號驚醒了火兒，但他經已來不及走避，給無情撞個正著！

轟——

破天巨響震徹長街，火兒身軀被離地轟飛，落在一架迎頭而來的電車之中。

強勁衝力把整個車頭撞個破爛不堪，擋風玻璃盡碎，司機及幾名乘客給拋出車外。

受此猛烈撞擊，火兒痛得面容扭曲，彎起身子不斷抽搐。

重創的人雙眼仍然鋒利，緊盯著如蝗蟲的刀手，他認得人群之中，有的是他仇家，有的卻是曾經受過自己恩惠的朋友，以及同門兄弟！

賤種們見獵物身受重傷，一同露出貪婪的表情，爭先恐後，生怕錯失這千載難逢的發達機會。

一個健碩的身軀一馬當先，咧嘴大笑：「火兒是我的！」

火兒怒視眼前人：「巨砲！你竟這樣對我！」

當日火兒相救巨砲，雖從沒想過會有回報，只是也未曾想到，今日巨砲會以怨報德。

巨砲猙獰笑道：「火兒，反正你今天怎樣也逃不掉了，不如便宜了我，我答應一定把你的痛楚減至最輕。」

江湖路冷，火兒刻下處境自知大限難逃，既然已逃不掉，那便要死得轟轟烈烈！

火兒邁出一步，準備以僅餘力氣，作生命中最後一戰。

「今日我若要死，你們也不要妄想可以活著！」

垂死的火兒，目光突然吐出火焰，唬得巨砲步伐一窒。

驀地，一道引擎咆哮破空而起，把鼎沸人聲完全吞噬。

咆哮巨響，來自一台俗稱「大包圍」的烈火戰車。

電單車（摩托車）上坐著兩名大漢，後座的人手執一柄鋒利無比的日本武士刀，直朝人群驅至。

時速八十公里的戰驅破開人海，直駛向火兒之處。

走在最前方的巨砲此刻才感到背後有異，回頭一看，只見一度銀光乍現，之後便覺得天和地在急速旋轉。

巨砲心道：「發生了什麼事？爲何天地轉得那麼快？」

「噗」的一聲，巨砲感到自己的後腦貼在地面，視點落在繁星滿天的夜空。

詭異地，巨砲展露出一副天眞爛漫表情：「天上很多星星啊！」也許就連巨砲也解釋不到，自己何以會在這非常關頭，吐出這句話、露出這純眞的笑面。

不過算了，巨砲所知的詞彙本就貧乏，腦袋也從來不夠澄明，解釋不來也沒人會怪他的，而且也沒那個時間給他去想了。

接下來，巨砲看見剛才坐在電單車後座的大漢已脫下頭盔，俯視自己。

他的豬腦倒認得對方是在早前把自己軟禁的廟街小霸王，吉祥。

吉祥一腳踏在巨砲頭顱：「這種人渣，活著簡直污染地球空氣！」

話語未畢，吉祥便以刀尖直插入巨砲耳窩之內，粉碎了這渣滓的靈魂。

原來剛才銀光乍現的瞬間，吉祥已把巨砲的頭顱割斬下來，只是他的刀法太快，快得連巨砲自己已經身首異處也來不及知道。

餘下的人均被嚇得魂飛魄散，剛才的氣勢蕩然無存，落荒四散。

結束了巨砲的生命，吉祥對火兒報以一笑：「你想死？沒這麼容易！」這一個笑容，令火兒內心燃起了一陣無名熱火，叫他知道如何世態炎涼，也總有眞摯友情，照耀人間！

火兒：「多……」

火兒想說多謝，卻被電單車上的另一男人阻止。

男人：「不要跟我說這些肉麻老土的話啦！」

男人緩緩脫下了頭盔，露出了一張熟悉的面孔。

他當然是「架勢堂」的第二把交椅——廟街·十二少！

1.4 龍捲風

火兒以雲南白藥及紗布裹好傷口後，與十二少來到了太平山頂。

火兒俯瞰眼下維多利亞港夜景：「香港的夜景眞美。」

「你怎會和大老闆結怨？」

火兒深深地吸了口菸，重眉深鎖：「我也不知道。」

大老闆雖然乖戾無常，但也不會眞的只是爲了打壓火兒而對他抄家滅族，否則以後還有誰肯爲他賣命？可是這三天裡，任火兒窮智竭思也想不出原因。

十二少拍拍火兒肩膊：「不要想太多了，我已爲你安排了船隻，明天日出你便離開香港。」

「離開香港？」火兒吐出一口煙圈：「離開的第一年，我整日也會記掛著復仇的事；兩三年後，慢慢適應了當地的生活，復仇的決心開始減下；五年後，結識到伴侶，然後生兒育女，成爲了一個好爸爸，日出而作，日落而息；又幾年，我的刀鋒已給安逸的生活磨成粉末，以往一切連同昔日的雄心壯志，被風一吹……」

火兒看著手中的香菸，輕輕一吹，菸蒂上的菸灰消散風中：「消失得了無痕跡！」

十二少一掌拍在自己胸口：「你的心若未死，還想跟大老闆拚過的話，我大可借兵給你，你我兄弟倆聯手未必敵不過他！」

很多時候人們的友情都建立於利益之上，能共富貴，不能共患難；能夠共富貴、共患難的，在江湖上已少之又少。

像火兒和十二少這一對，共患難、卻不共富貴的，簡直絕無僅有。

「我的心當然未死，但我亦不想借別人之力對付他。」火兒把香菸彈走：「大老闆殺傷我的兄弟、母親，他的狗頭我要親手割下！」

火兒雖然這樣說，但十二少卻知道他根本不想讓自己牽涉這事之中，因爲誰跟大老闆爲敵，也只有生不如死的下場。

「你不離開，也不讓我助拳，該不會想再一次單挑大老闆吧？」

「復仇的機會只剩下一次，這一次我若殺不了他，一定會死在他的手上，所以我絕不會白白浪費。」

「大老闆的勢力遍及香港每個角落，他早晚也會找上你。」

「有個地方，大老闆就算知道我在那裡，也奈何不了我！」

「你要去那個地方!?」

火兒雙眼望向彼岸一個地方：「沒錯，我要去九龍城寨。」

九龍城寨，四〇年代末期被港英政府完全放棄管轄，淪爲三合會的活躍地，成爲販毒、賣淫、賭博等罪惡溫床，惡名早已傳遍亞洲，日本人更稱它爲闇黑之魔窟。

不過九龍城寨即將成爲歷史，因爲港英政府已在一九八七年一月十四日宣布，於未來幾年將分爲三期清拆城寨。

「你知不知道大老闆爲何不敢入城？」

「當然知道，因爲他十分忌憚龍捲風！」

「我知你事在必行，所以亦沒打算阻止，我只想你牢記著，無論任何情況，也絕不要惹龍捲風！」十二少正色道：「招惹他的人，沒一個有好下場！」

龍捲風乃「龍城幫」的龍頭老大，在六、七〇年代橫行黑道，是個無人不識的絕世梟雄人物。

「你似乎對龍捲風的事蹟很了解，說來聽聽。」

於是，十二少便向火兒道出一段曾經轟動一時的江湖歷史。

「廿多年前，大老闆正值人生的衝刺期，憑其強橫的實力，每次出戰都所向披靡，幫會人數及版圖急速擴大，江山已經穩如鐵桶，大老闆的名頭震動全江湖！

「勝利壯大了大老闆的雄心，他竟揚言三年內要一統江湖！他的狂妄宣言惹起公憤，其中幾個幫會更暫時放下私怨，聯袂對付大老闆的『暴力團』。

「可是，他們最後也敗興而歸，大老闆勝了這一仗，他的一統江湖夢幾近成眞，直至他惹上了一個絕不該惹的幫會，『龍城幫』。

「大老闆攻佔了『龍城幫』幾個地盤後，不出幾天他旗下的夜場店子便如遭暴風破壞過一樣，滿目瘡痍。原來一直隱居於九龍城寨的龍捲風，終於容忍不了大老闆的狂妄，親自出手！

「龍捲風深知大老闆的實力不容忽視，故這一次與『暴力團』的巨戰皆親自領軍出征，兩大幫會一戰便是三個月，『暴力團』傷亡慘重，處於弱勢之下，相反『龍城幫』卻愈戰愈勇，如日中天。

「來到第四個月，大戰亦到了白熱化，大老闆大勢已去，退守油麻地果欄之內，與幫會一眾文膽智囊商議救亡之法，與此同時龍捲風向大老闆發出通牒，三天內將會闖入『暴力團』的橋頭堡，與大老闆一決雌雄，了結這一場戰爭。

「兩大巨人即將歷史性碰頭，黑市外圍亦為這世紀之戰開出暗盤：氣勢已如虹的『龍城幫』一賠一，『暴力團』一賠五。幫會積弱，加上一面倒的賠率令大老闆的內心壓力更大，這三天時間，大老闆受盡精神折磨，無法專心備戰。

「大老闆雖知此戰勝機渺茫，但他卻沒有想過避戰或求和，說到底他都是一個難得的黑道人物。

「戰期已屆，大老闆在等待宿敵來臨，但是時間分秒過去，龍捲風也沒出現，直到第二天晨曦，傳來一個震撼消息……

「龍捲風決定罷戰，並退隱九龍城寨，唯一條件就是大老闆在任何情況也不可進入城寨，否則『龍城幫』必定傾盡全力，攻剿『暴力團』，直至整個幫會滅亡爲止！

「對大老闆來說這消息簡直是天大喜訊，此後，大老闆再沒有跟『龍城幫』起衝突，亦打消了一統江湖的霸念。

「至於龍捲風何以會急流勇退，豹隱城寨，至今仍沒有人知道眞相。」

「跟我所知道的差不多。」

「你是『暴力團』的人，又是大老闆的天子門生，在城寨遇到龍捲風千萬要小心。」

火兒又怎會不明白十二少的隱憂，只是自己還有別的路可以走嗎？

「放心，我的命還要留著來對付大老闆！」火兒淡然一笑：「城寨清拆在即，所以我不會留在裡面太久，這段日子我除了要強大自己的實力，還會部署復仇對策。」

火兒雖然慘遭滅門，變得一無所有，但他的笑容卻仍然充滿希望。

「朋友。」火兒拍拍十二少肩膊：「遲些再見。」

火兒撂下一句後便拂袖而去。

「我等你。」十二少一笑：「朋友！」

十二少往反方向走。

朋友！簡單的一個字眼，卻比千言萬語更加受用，能遇上意氣相投的朋友已經夠幸運，何況他們所遇到的，更是能夠互相信任、風雨同舟的好兄弟！

友情，這是縱有億萬身家也購買不到的東西。

今天兩人走的路縱然南轅北轍，但終有一天他們又會走在一起，目標一致。

當二人下次再相遇，將掀起一場改朝換代的世紀江湖大風暴！

第二章 Chapter Two

2.1 AV藍男

火兒和十二少掀起的風暴，將會在一年後降臨，但另一場風暴卻在二人道別二十小時後，登陸在一個地方之上——九龍城寨！

九龍城寨原名九龍寨城，當年九龍城寨以石塊築建城池，故早期沿用「砦」字命名，稱作九龍城砦。

這個被喻爲香港最邪惡的魔窟，總面積六英畝半，舉目都是一幢幢鱗次櫛比的唐樓建築，大小街巷超過三十條。人口約有三萬五千人、三百棟十至十四層高的大廈、八千三百住戶、一千個商業個體、八十七個牙醫和七十四個醫生（兩者都是無牌的）。是全世界人口密度最高、面積相若而街巷最多的小城。

內裡每條街巷都如雨後般濕滑，數之不盡的鐵水喉管和電線如樹藤般攀附在巷子的上方，醜惡的老鼠到處可見。燈光微弱的暗角，有的在吸食毒品、有的在進行性交易、有的在非法聚賭等等，總之任何罪案也有可能在這裡發生。

除了住宅及醫務所，城寨內不同的店鋪及設施還包括：辦館（早期的超級市場）、幼稚園、廟宇、公園、教會、理髮店、製肉工場、食肆等，林林總總，還有以血肉之軀作賭注的黑市競技場。

今晚的競技場人聲鼎沸，百多人圍作一團，個個情緒高漲，朝著中央一個人物不斷喊著「AV」這個名字。

擂台圈中，一個身高六呎三吋、臉上戴著灰色面具的龐大身軀，目露凶光，緊盯著眼前對手。

這個名叫「AV」的男人，呼吸吞吐無比沉重，每踏一步，都掀起一陣震動，給予對手巨大壓力！

他的對手滿身是血，左足膝蓋碎裂，一瘸一拐地往後退。

受傷的拐子極度慌張：「AV，我認輸了，停手吧！」

「受我一拳，死不了，我饒你。」AV以沉厚沙啞的聲線吐出說話同時，已經握緊右拳，蓄勢待發。

「不要過來……」拐子已退到擂台圈的邊緣，當他想繼續後退，卻被觀戰的群眾封住了去路。

拐子失聲叫喊：「退開呀！你們快退開呀！」

AV如死神般逐步逼近，拐子嚇得面色發白，只想盡快逃離戰場，但身後的幾個紋身大漢卻將活路封死，一心只想觀看拐子被活生生打至頭破血流的精彩實況，他們根本是一群凶殘暴戾的人物。

拐子大喊：「你們全沒人性的嗎？快退開，我求你們退開呀……」

拐子欲以背門擠開人群，可是堅固的人牆卻動也不動，他眞的絕望了。

「我知道你是黑道中人。」AV的拳破空轟出：「我最討厭黑幫！」

死亡之拳強勢而來，拐子雙腿一軟，倒在地上，AV那如砂煲般巨大的拳頭，便落在拐子身後一個男人的面上。

中拳的男人如砲彈往後轟飛，勢道無比猛烈，竟把密不通風的人群割開兩半，破出一條血路來。

男人彈飛三十呎外終於倒下，鼻梁被轟至折斷扭曲，十數顆牙齒和著鮮血從口腔吐出，痛得不斷在地上翻騰。

一拳過後，全場譁然起鬨，長期活於黑暗與邪惡的人們，均被暴力的場面所感染，高聲狂呼起來，只有一名二十出頭、一身搖滾服飾的少女不爲所動。她的腳旁，有一頭白色的大狗伴著。

倒在地上的拐子眼見活路近在面前，但雙腿卻軟得無法站起，只能以指頭抓著地面，匍匐爬行。

同時間，AV又再運起霸拳，向著拐子的頭顱俯轟而至。不論速度及威力，都更勝之前。

拳頭已來到拐子一呎之前。

碰！

剛才一拳，引領全場起鬨；如今一拳，卻換來全場靜止，因爲他們沒有看到預期中血花四濺的殘酷場面。

搖滾服少女雙眼發亮：「哦？」

拳頭落點的位置，不見了拐子，地上只留下一個如蜘蛛網的凹陷拳印。

人在哪裡？

AV往前看，竟發現擂台圈內來了一個不速之客，就是這一個人在千鈞一髮間，抓著拐子一腿，把他從地獄扯回人間。

來者把拐子扶起，淡然一笑。

拐子愕然：「火兒，你怎麼會在這裡？」

火兒：「好久不見了，震威。」

搖滾服少女把名字默默唸了一遍：「火兒，不錯的名字。」身邊的大狗也跟著「汪汪！」吠叫。

她於是拍了拍大狗的頭：「小白，別吵。」

城寨的地下拳賽是一對一的對決，有條硬性規則是，在制定時間內，除非兩方均認同賽事結束，否則賽事一直進行，哪管一方已毫無戰鬥能力，賽事仍然繼續。而且賽事進行期間，嚴禁第三者干擾賽事。

多年來也沒有人敢破壞這條地下拳賽法則，因爲定下法則的人，不論威信與實力都淩駕於城寨每一人之上，就連AV也對他忌憚三分，這一個人物的名字就叫——龍捲風！

想不到火兒來到城寨第一天，已經開罪了這個絕對不該開罪的人。

現場氣氛異常緊張，AV視線一直沒有離開火兒，在他面具背後的瞳仁，燃起了殺性的火焰，只想把眼前的人碎屍萬段！

火兒和AV四目相交，二人均感到對方的實力絕不簡單，大戰即將引爆，四周的空氣都被決戰前夕的氣氛凍結。

火兒心道：「這大塊頭絕不簡單，以我現在的狀態能敵得過他嗎？」

「嘎！」AV呼出一口氣，向前邁出一步。

「這裡交給我。」火兒示意震威退走，然後放下背上的行李，準備一戰。

一直以來AV所參與的賽事都是他一面倒取勝，所謂的對手根本就是他的發洩工具。觀眾一直都期待看一場眞正的大戰，火兒的出現叫人們驚喜萬分，而且他看著AV的眼神帶著無比自信，這是強裝不來的，此戰看頭十足，全場屏息以待這一場強人之戰。

驀然，一陣聲響打破靜默。

「吣吣吣吣、吣吣吣吣、吣吣吣吣。」

聲音來自AV的手錶。

AV看著手錶，停下腳步。

AV：「小子，你夠走運，下一次我一定要折斷你的脖子！」

聲響令AV的戰意大減，他竟然放過火兒，離開戰場。

火兒大感莫名其妙。

賽事不成，觀眾沒趣散開。

小白穿過人群，奔向火兒。

牠望著火兒撲了過去：「汪汪！」

火兒一驚：「幹什麼啊？」

小白咬著火兒的衫袖，死口不放。

火兒狼狽非常：「走……走啊！」

搖滾服少女趕上來，抓著小白項環，邊將牠拉開，邊厲聲叱斥：「小白，給我坐下！」

火兒一看見搖滾服少女的臉，全身即僵硬起來。

搖滾服少女向火兒道：「對不起，牠一向都很聽話，不知道今天發生什麼事，失常似的。」

火兒表情尷尬，臉也紅起來道：「不……不要緊。」

搖滾服少女微笑道：「我叫藍男。」

火兒不敢直視藍男，只好望著她眼角一顆看似小星星的痣，搔搔後腦杓：「妳好。」

火兒的反應爛到不行。

小白盯著火兒：「汪汪！」

火兒傻氣一笑：「牠很可愛啊。嘻嘻。」

藍男心道：「原來是個獃子。」然後告別：「再見啦。」說完便拉著不知何故興奮的小白離去。

突如其來又突然離去的藍男教火兒不知所措，見慣風浪的他面對一個女子竟露出前所未見的窘態，出神呆著。

「火兒。」震威揖了揖手。

火兒回過神來：「什麼？」

「我們眞夠走運，若不是ＡＶ趕著離去，今天我倆恐怕難逃一死。」

「他趕著去哪裡？」

「吃飯。」

「吃飯？」火兒愕然：「吃什麼飯？」

「阿柒冰室的叉蛋飯。」

火兒還是呆呆的：「阿柒冰室……叉蛋飯？」

2.2 滷水雞翼

一間二百多呎的屋子，廳裡擺放了一張生鏽的兩層床架，四周滿布凌亂雜物，內衣褲、廉價玩具、過期報章隨處可見。

開放式的廚房積滿油煙，鍋具殘舊不堪，肥大的蟑螂肆無忌憚地在洗手盆上橫行，屋內更有一陣酸臭異味。即使有窗，但也給對面的另一幢樓迫著打不開。如此狗窩，對某些人來說卻是一個五星級的家。

這裡就是震威一家三口的安樂窩。

火兒來到震威的家，兩人正坐在一張鋪滿報紙的木枱前方，一名年約六、七歲的男孩，拿著一部紅色的迷你雙層巴士，撞向震威胸口。

男孩天真地大笑著：「撞死你！撞死你！爸爸，我要撞死你！哈哈哈！」

男孩當然不知，他父親今天眞的死過翻生。

震威裝痛：「星仔，你饒了我吧！」

「哈哈哈！哈哈哈！哈哈哈！」星仔笑得合不攏嘴。

小孩子就是如此，無緣無故也可樂上半天。

火兒看著星仔，露出一張慈祥的笑臉。

星仔一跳一跳的走到火兒身旁，蹲下來用細小的雙手觸踫火兒的行李。

震威喝道：「星仔，不要碰火兒哥哥的袋子。」

火兒笑道：「不要緊，小孩子好奇，由他吧。」

星仔用盡力氣想拉動那個黑色的大袋子，可是任他如何使力，袋子都如磐石動也不動。

星仔：「好重啊！」

拉它不動，星仔索性拉開袋上鍊子，看個究竟。

震威大喝：「星仔！」

星仔並沒理會父親喝令，逕自打開袋子，當他看到內裡的東西，雙目立即放大，如發現了稀世寶物一樣。

「爸爸……」星仔張大了口，從袋子取出一物：「你看！」

一看星仔手中的東西，連震威也嚇了一跳。

震威一愣：「啊？」

星仔手中的東西，是一本翻版漫畫書。

星仔喜道：「是《叮噹》（注）啊！」

星仔高舉著《叮噹》，狂喜得活蹦亂跳，然後坐在一角，靜靜地品嚐這本經典到不得了的漫畫。

火兒笑道：「《叮噹》的魅力眞厲害！」

「火兒，你避走城寨，帶著這麼大的袋子，裡面不會全是《叮噹》吧？」

「你以爲我是個傻子嗎？城寨什麼都有，就是沒有我帶來的東西。」火兒把袋子抓開：「這些都是我的寶物。」

袋子裡藏著數十本書籍，種類繁多，包括：經典文學、中國歷史、西方哲學、武俠小說、英語會話、世界名著、心理學、漫畫；涉獵的作家有：金庸、古龍、李碧華、錢鍾書、劉以鬯、羅貫中、魯迅、村上春樹、尼采、佛洛伊德、馬奎斯、喬斯坦·賈德、鳥山明、藤子·F·不二雄、黃玉郎等等。

火兒出身寒微，學歷不高，但他知道知識的重要，所以縱然加入了黑幫，也有閱讀的習慣。

天資聰敏的他，總能無師自通，不但吸收能力強，而且過目不忘，一般的武俠小說看了兩三遍便背誦如流。

讀的書愈多，人便變得更加沉著睿智，在江湖上短短日子，其智慧及成就早已超越同儕，成爲一個能文能武的黑道狀元。

注：現今官方譯名「哆啦A夢」，是直接根據原作日文原名「ドラえもん」（Doraemon）音譯而來。早於一九七五年曾以粵語《叮噹》來命名，並於《兒童樂園》雜誌中，以重畫的方式連載。台灣早期譯名有機器貓小叮噹、超能貓小叮噹、神奇小叮噹、小叮噹等。

所以今趟逃亡城寨，火兒亦帶備大量書籍，不讓自己停留。當然，那些漫畫只作消遣之用。

看見這些書籍，震威亦對火兒的進取態度深感佩服。

震威的老婆雯雯正在廚房埋首做飯，發現鹽罐空空如也，便對著窗戶大聲地說：「李太太，我的食鹽剛用完了，可否借一點給我？」

話語剛落，便見一隻拿著鹽罐的手從對面大廈的窗戶伸過來。

兩幢不相連的大廈，距離卻是這麼近。這種「握手樓」也是城寨的一大特色。

一盞茶後，雯雯拿著兩碟小菜走出廳來。「吃飯了！」

震威：「火兒，嚐嚐我老婆的廚藝。」

火兒：「那我就不客氣了。」

蒸水蛋、馬蹄蒸肉餅、炒白菜，平凡得可以的餸菜（下飯菜），火兒吃在口中卻是萬般滋味。

火兒口嚼著肉餅：「阿嫂，妳煮的菜味道真棒！」

好話誰都愛聽，婦人對丈夫的這個朋友很有好感：「喜歡的話，多吃一點。」

火兒也當真不客氣，夾起一箸白菜：「嗯。」

這幾年來，火兒晚晚大魚大肉，食盡珍饈百味，天九翅、吉品鮑魚、佛跳牆，極盡奢華的一級佳餚，卻不如眼前的廉價小菜，只因從前的美食都欠缺了一種味道。

家的味道！

我有多久沒嚐過您煮的飯菜？

我有多久沒嚐過您煲的湯水？

小時候，我總愛吃您親手炮製的滷水雞翼，到了我長大後搬離老家，已經很少機會嚐得到您的手藝。

最初的半年，每月總會回家一至兩次，慢慢變成數月一次。

直至近兩年，只有您的生日我才回家一次。

人在變、事在變，我也由一個名不見經傳的小伙子，變爲炙手可熱的大紅人，唯一沒有變的，就是每次重臨故居，您總會爲我準備好一道小菜——

滷水雞翼。

可是以後，我再也沒機會嚐到那種味道了。

原來世上最美好的事物早已在我身邊，我好後悔從前沒有好好珍惜。

我，眞的好後悔啊！

舌頭的味蕾，觸動了火兒的神經。這一頓晚飯，火兒點滴滋味在心頭，想到往昔一切，鼻頭酸了又酸。

硬漢，也有軟弱的時候。

吃過晚飯，火兒和震威走到插滿「魚骨天線」的唐樓天台，坐在破舊藤椅上，促膝詳談。

震威看著天上明月：「火兒，我們認識了多久？」

「我想有十七、八年。」火兒把一瓶生力啤酒遞給震威，續道：「我和你總算有緣，小時候住在同一屋邨、同一幢大廈，更讀同一所中學。」

「沒錯，我倆的友情一直很好，甚至離開校園，你我也加入了同一幫會，你有勇有謀，天生是黑道的材料，很快便得到幫會的高層賞識。而我卻是個膽小鬼，根本沒有前途可言。」震威接過啤酒：「我知你夠義氣，一心顧及我的感受才放棄擢升機會。」

一架大鐵鳥，劃破長空，掩蓋了九龍城的月亮。

火兒將啤酒直灌喉嚨：「所以你就脫離幫會，疏遠我，因爲你怕成爲我的羈絆？」

「嗯！自己不濟，也不想拖累兄弟。」震威苦笑：「後來我加入了另一幫會，沒多久便認識了現在的老婆雯雯，三個月後便有了星仔。」

「十六、七歲便爲人父，眞令人羡慕。」

「火兒，我離開幫會不久，你也轉會到『暴力團』，而且混得不錯，爲何會避走城寨？」

火兒遂把這段日子發生的一切，簡略地告訴了震威。

聽了火兒的經歷，震威大感欷歔，原來任你如何強悍了得，在江湖上所得到的所有東西，都可以一夜消逝。

「不要說我啦。」火兒笑笑：「你搬來城寨有多少日子？」

「也有七年了，當年雯雯大著肚子，我收入又少，唯有搬進這裡。」震威道：「起初我也很抗拒這個地方，覺得治安很差，不過住下來又沒想像中的可怕。聽一些老街坊說，五〇、六〇年代是城寨的全盛期，那時連警察也不敢進城，黃賭毒樣樣齊，又有食狗肉的三六店，簡直無法無天。」

五〇年代，大量難民從大陸湧入香港聚居城寨。來到這裡大多都是膽正命平之徒，他們和本地黑幫勾結，利用當時貪污風氣猖獗，於此進行各種非法勾當。

魔窟龍蛇混雜，警察也無權治理，故令罪案頻生、仇殺不斷。直至六〇年代中期的某月某日，一個人物運用他在警界的勢力及膽識，成功爲警方奪取城寨的管治權力。

他正是與五億探長雷老虎齊名，油尖旺區華探長顏同。

從此，城寨裡的所有經營非法生意的黑幫大哥，皆要定時支付「片數」給警方，其生意才能營運下去。

不過自從一九七四年香港廉政公署成立，反貪污及掃毒行動雷厲風行，城寨內大部分的非法檔口亦因無人包庇而結業。

震威將啤酒飲盡：「時代變了，城寨已經沒以前那麼混亂，脫衣舞場、狗肉店、鴉片煙館、白粉檔等統統沒了，只有一間地下賭館可以營運下去。」

「何以那家賭館獲得赦免？」

「在城寨長大的人，很多也有黑道背景，趕絕他們只會令犯罪率增加，所以怎樣也要留點生路給他們。就是不知城寨清拆後，他們會何去何從。」

「什麼也在變，黑道要在八〇年代求生，也不得不轉型了。」

「不過就算怎麼變，城寨也變不了在人們眼中的印象。」震威道：「記得有一次，星仔放學帶了一位同學來玩，他的父母知道自己的兒子入了城寨，竟然驚動校方，勒令我們將他兒子交還出來。之後星仔在學校受盡冷言冷語，說什麼他是黑幫的兒子，又說只有壞人才會住進城寨。遭到排斥和歧視，有段日子他更害怕面對班上的同學，怕得不願上學。小小年紀就受到這種對待，就只因爲我窮！」

窮，的確很可怕！

它會令人自卑，也會令人失去自信。

所以做人不需要大富大貴，但絕不可以窮！

震威黯然地說：「我也想搬出這裡，但我眞的沒有這本事。現在唯有寄望城寨清拆後，政府會安排我們入住一些環境較好的地方。」

看見昔日好友如此窮愁潦倒，火兒好不難過，但自己也是泥菩薩過江，自身難保，對震威的處境也愛莫能助。

火兒：「是了，爲何你會參與那些地下拳賽？」

「還不是為了錢！我因為好賭而欠下一屁股的債，那筆債項明天便到期，若沒有錢償還，便又被加利息，到時兩萬變四萬，四萬變八萬，這樣下去哪還得了？」震威面有難色：「所以我參與地下拳賽，只要在完場前仍然站著，便得到好幾千元。」

「你欠他們多少錢？」

「二萬八千元。」

火兒從身上拿出一疊鈔票遞給震威：「這裡有三萬元，收下它。」

震威錯愕：「怎可以？」

火兒語重心長地說：「錢沒有了可以再去賺，萬一你的債主盯上嫂子和星仔便麻煩了。」

震威怎會不知沒錢償還的最壞後果，只是他又怎能白白接受火兒的好意？

火兒把鈔票放在震威的掌心：「除非你不當我是兄弟，否則不要拒絕。」

「多謝。」震威感動得聲也顫了。

火兒的慷慨就義，叫震威眞正體會到一個人生眞理：「走運時朋友認出我們，倒楣時我們卻認出朋友！」

那一夜，火兒睡在震威家雙層床架的上層，震威三口子則睡在下層。

當火兒合起雙目準備入睡時，腦海總想起藍男，令他輾轉反側、無法成眠。

「藍男……」

火兒若有所思地想起了她。

深宵時分，大氣電波傳來當時紅到發紫的殿堂級偶像——張國榮的夜半歌聲。

***whoo-oh-o* 無心睡眠 *whoo-oh-o* 腦交戰**

踏著腳在懷念　昨天的妳

夜是滲著前事　全揮不去

那一首歌曲叫作〈無心睡眠〉。

火兒踏進九龍城寨的第一個晚上，就聽著這首歌曲度過。

好不應景的無心睡眠。

—橫街—

「喂，少女跟狗。」

我沒好氣，眼前這老頭就愛這樣叫我。

「怎麼啦，神棍？」

「過來坐下，讓我盲公陳贈妳幾句。」

你根本就是因為沒人光顧，才想找人聊天吧。

但我很敬老，沒關係。

「剛剛又去看拳賽啊？」

「嗯。」

「AV又連勝啊？」

「嗯。」其實不算是。

「看妳的樣子，今年有桃花啊。」

「嗯。」

「妳發情啊？」

「嗯……啥？」

「呵呵，天機不可洩漏，妳的姻緣……呵呵……」

這時我想起剛剛跟AV對打的火兒。

看起來有點眼熟，也似乎是個有趣的人。

「對了，」我蹲下來，看著小白，

「你不喜歡那個人嗎？為什麼想要咬他？」

不喜歡狗的人，或狗不喜歡的人，會是好人嗎？

2.3 阿柒

江湖人都是三更窮、五更富，火兒風光時雖賺了不少錢，但卻仗義疏財、揮金如土，根本沒有多少存款；現在連身上僅有的三萬元也給了震威，所以他急需要在城寨找一份工作。

哪管你是什麼江湖大哥，人，總要賺錢吃飯，否則莫說要當英雄，就連狗熊也怕當不成。

於是，第二天震威和火兒四出看看城寨的店鋪有沒有職位空缺。可是走了半個城寨也沒有著落，幸好火兒生性樂觀，他深信天無絕人之路，所以並沒氣餒，繼續去碰碰運氣。

火兒只覺得城寨如同一個巨大的迷宮，分岔路數之不盡，每條道路都可通往不同的地方，卻又互相連接。除了此處，香港再沒有這樣的地方。

因爲歷史因素所致，這兒曾是「三不管」（即中國不管、英國不管、香港不管），所以建築大廈不需要打樁、也不需要獲得政府批准。樓房胡亂蓋建，擁擠得有點喘不過氣。有些七、八層高，有些又高達十幾層，完全不經規劃。

五〇年代城寨的屋宇只有二、三層高的石屋，發展至七〇年代出現了十六層高的石屎樓（注）。時至今天屋宇已經飽和，再騰不出一點建屋的空間。

由於樓宇密度極高，形成很多由大廈圍合出來的「天井」，很多居民都因一時之便將垃圾投入天井裡，清潔工人又無法處理。每逢下雨，樓宇之間就會排出大量污水，弄得臭氣沖天。

站在這裡，舉頭不見天空，只有數之不盡、不知屬於哪家哪戶的生鏽水管和殘破不堪的電線。幸運的話，能在某條街角看到微弱的光線。

僭建的大鐵籠陽台、污糟邋遢的簷篷、滿布水窪的街巷，還有不經修葺的剝落外牆，都成了城寨樓宇的一大特色。

火兒沿途看到一個個破舊的路牌：龍津路、光明街、老人街、大井街、西城路等，他記心雖強，但一時三刻也無法記得走過哪一條街巷和街名。唯一有印象的，就是其中一道暗巷的牆上，有好幾十組長度相若的坑痕。

火兒望著坑痕，疑惑道：「震威你看看。」

「這些坑痕有什麼特別？」

火兒以指尖觸及坑痕：「坑痕看似凌亂無章，但只要細心觀看便可發現它們全都是以四行爲一組，而每組的長度相仿，大約爲兩呎左右。」

注：即鋼筋混泥土樓，亦稱「石米樓」。

火兒留心細看，發覺這些坑痕似被什麼東西強行刮削而成，但一時間又想不出是何種事物所造成。

「想不到你還有心情留意這些事物。」

「我求知欲一向很強。」火兒笑說。

火兒不是一個諸事八卦的人，只是石牆的坑痕實在太不尋常，才惹起他好奇。

「時候也不早了，你先去還錢，我想再多逛一會，晚點在家會合。」

「好。」

就這樣，二人在十字路口上分別。

火兒獨自蹓躂，心裡仍不斷想著剛才看見的坑痕。

想著走著，火兒不知不覺走到西城路段的西城二巷，只見眼前人潮如鯽，相當熱鬧，約有二至三十多人擠在一間店鋪門前，在等待什麼。

火兒向店鋪走近，看見鋪上的牌匾刻著四隻金漆大字：阿柒冰室。

「阿柒冰室……AV昨天趕著離開，就是為了要來這裡吃飯。」火兒也想嚐嚐阿柒冰室的叉蛋飯究竟有多好吃，但門前已擠滿人群，根本無法進入。

雖然擠不進冰室之內，但火兒已嗅到那叉燒的香味，叫他垂涎欲滴。

火兒合起雙目：「好香的叉燒味啊！」

從遠處望入冰室內，火兒看見一人手執一柄半月型的豬肉刀，手起刀落，把大團叉燒切成一片一片，而且厚薄適中均等，好不俐落。

火兒不由讚嘆：「好刀法！」

豬肉刀手把叉燒切成多片，然後放在香軟的白飯上，再加一顆半生熟的太陽蛋，馳名城寨的叉蛋飯便製作完成。

豬肉刀手拿著叉蛋飯，遞給一位婆婆道：「今日最後一碗叉蛋飯，婆婆妳的，請慢用。」

婆婆拿著叉蛋飯笑得雙目合成一線，歡喜地坐在凳上，享受這人間美食。

豬肉刀手拍拍手道：「各位街坊，今天的叉蛋飯已經賣完，你們可嚐嚐其他美食，例如西多士（法式土司）、菠蘿油……」

除了叉蛋飯，街坊根本對其他食物沒有興趣，一哄而散。

豬肉刀手沒趣道：「全部都是食古不化！」

人群散去後，火兒此時才看見冰室門前貼了一張招聘啓事。

「這裡徵人手。」火兒步入冰室內，對著豬肉刀手的身背道：「請問……」

豬肉刀手正脫下身上的圍裙，聽到火兒的聲音，循聲而望。

豬肉刀手：「Yes, well!」

火兒這下才看清眼前的人，他大約三十六、七歲，擁有一雙憂鬱的眼神、欷歔的鬚根、駱駝濾嘴香煙，還有那神乎其技的刀法──他就是阿柒冰室的老闆，阿柒。

火兒有禮地開口：「請問這裡是否要請人？」

阿柒瞇著眼睛，吸著菸：「沒錯，我這裡欠一個送外賣的，你有信心勝任這份有意義、又具挑戰性的工作嗎？」

堂堂黑道王者，火兒可以接受自己淪爲一個外賣仔嗎？

「有！」活像個乖學生，以響亮又充滿信心的聲線回應老師問題似的。

阿柒呼出一口煙：「好，那你明天上班。」

火兒面露喜色：「多謝老闆！」

這時，一名地中海髮型的中年樓面夥計，意態囂張地插嘴：「老闆，你要想清楚啊，我認得這小子，他叫火兒，昨日大鬧競技場，還破壞了那裡的規則，你錄用他只怕惹上不必要的麻煩啊。」

「是嗎？」阿柒皺著眉，打量著火兒：「有這樣的事嗎？」

「當時我只想救走我的朋友，根本不知道有什麼規則。」

阿柒瞇著眼睛，點頭道：「原來是這樣，不知者不罪，明天十點上班，不要遲到。」

說完這句話，阿柒便循「前舖」的走廊而去，走入「後居」的房間，再沒有望火兒一眼。

那個地中海夥計知道阿柒錄用了火兒，即把一口痰吐在地上，然後撥弄那稀疏的頭髮道：「Shit！十足過街老鼠，眞討厭！」

火兒反而笑了笑。

面前的禿髮漢雖然口沒遮攔，但相比起那些笑裡藏刀的僞君子，反而好得多了。

找到工作，火兒帶著愉快的心情離開冰室，但當他踏出門口，笑容卻立即消失。

一個氣急敗壞的人正向火兒跑過來。

他是震威。

震威面腫瘀青，頭破血流，一看即知遭到襲擊。

火兒雙手捉緊震威肩膊：「發生什麼事啊？」

震威喘著氣：「火兒……你給我的錢……被人搶走了！」

「怎會這樣的？你認得對方嗎？」

「剛才我本想把錢拿到地下賭場還給債主，哪知還沒到賭館，我就在巷子遭襲，他們以麻布袋套著我的頭顱，將我打至半昏迷，然後把我身上的錢全部搶走了。」

「誰會知道你身上有這麼多的錢？」

「我和你分別後，在別處碰上了債主的門生，他們一看見我便想殺了我般衝過來，我向他們說現在正要去賭館還債，他們才放了我。」

「一定是他們幹的！」火兒怒目圓瞪：「你債主叫什麼名字？」

震威吞吞吐吐說：「他叫……信一。」

提及信一的名字，震威連聲音也顫抖起來。

火兒怒氣沖沖：「來！我現在就跟你闖上賭館，若眞的是那個信一幹的，我連他雙手都砍下來！」

震威知道火兒說得出做得到，他只怕事情會愈鬧愈大，最後會無法收拾。

「火兒……不如算了吧，信一是『龍城幫』的掌櫃，這個人我們惹不起的。」震威拉著火兒手臂：「你已幫了我很多，這筆帳由我來承擔好了。」

掌櫃乃掌管金錢的重要人物，幫會中的所有收入，包括：毒品買賣、保護費、色情收入，總之有關幫會旗下業務的帳目，統統都要經過掌櫃核實。

龍頭老大若需要動用幫會的金錢，也必須得到掌櫃的同意，可見其職在幫會內是何等重要。

火兒吼道：「掌櫃又怎樣？我一生最討厭的就是那種恃強凌弱、蠻不講理的惡人。面對這種人逃避不是辦法，我要用拳頭告訴他們，世上有一種東西叫公義！」

火兒決定了要做的事，世上根本無人可做出阻止，他在城寨內勢孤力弱，竟膽敢去冒犯「龍城幫」的大人物，震威怕得全身顫抖、冷汗冒湧，心忖：「這次大禍臨頭了！」

2.4 我不入地獄　誰入地獄！

火兒即將在城寨挑起戰火，而在同一時間，另一地方，戰火已經燃起。

廟街，十二少割地爲王的地方。

一直以來，也沒有人會在這裡惹事生非，除了因爲十二少的名頭響徹江湖之外，另一原因就是十二少的處事方式，一向都是以和爲貴，絕不會因爲自己的勢力龐大而欺壓別人，故在江湖上深得民心、甚具人緣。

但是，十二少土生土長的家園，如今變成火海一片，陪著他成長的老店、建在大路中心的街檔，都被破壞得毀爛不堪。

平素有說有笑的街坊朋友，有的給烈火灼至重傷，發出痛楚的嚎叫；有的不知被什麼物件轟得傷痕累累，昏死地上。

十二少看在眼底，痛徹心坎！

是誰把樂土變成煉獄，十二少心中已有定案，但他卻沒有即時作出行動。

十二少一直站在長街，沒有動，只有等……

等待親信的消息。

嘟嘟嘟嘟——嘟嘟嘟嘟——

五分鐘後，十二少手中的大哥大電話響起。

他按鍵接聽。

「喂。」十二少的語調極爲平靜。

「阿大。」電話另一方的人正是吉祥：「查到了，是大老闆的人幹的。」

十二少仍然平靜：「有多確定？」

吉祥十分肯定地說：「百分之一百！」

「吉祥，你給我聽好，通知所有兄弟，我要跟大老闆開戰！」十二少深深吸下一口氣，鏗鏘地道：「今晚就要掃光『暴力團』地盤檔口！」

怒火中燒的十二少，已不能信守他與火兒的約定，此刻便要跟大老闆正式宣戰。

十二少出道至今，參與過的戰役超過一百場之多，經驗告訴他要在戰場中取勝，除了擁有實力，還需要戰術。

但他這次的敵人是大老闆，一個從來無人能夠猜測到其想法的人。

既然大老闆已向十二少出手，他一定預計到對方會作出反擊。

十二少若要部署反擊對策，最少也要用上半天時間，這段眞空期，足以讓大老闆猜測到自己的下一步。

所以十二少這一次決定以快打快，不作部署，即時反擊，一定要殺他個措手不及。

油麻地果欄是大老闆根據地，那裡一定伏下重兵，所以十二少不會貿然闖入。

十二少把旗下人馬分成兩條戰線：第一條戰線由他親自率領，主攻「暴力團」尖沙咀地盤，另一條戰線則由吉祥領兵，攻打旺角一帶。

兩線夾攻，只爲引蛇出洞！

半小時後，由十二少帶領「架勢堂」大軍，正式殺入尖沙咀。

義憤塡膺的十二少把怒火化爲暴力，狂攻「暴力團」地盤，只要碰上大老闆的人都不會留情，見一個、動一個。

十二少乃江湖實力高手，今趟他收起慈悲，把底裡的狂暴與凶狠盡露，很快便攻陷了「暴力團」多個地盤。

「架勢堂」第一條戰線個個兵強將勇，以狂風掃落葉之勢攻得「暴力團」人馬潰不成軍，取得漂亮的勝利。

另一方面，以吉祥爲首的戰線亦攻進旺角。

生性狂躁暴烈的吉祥，是個驍勇善戰的人物，他酷愛戰鬥、崇尚暴力，江湖絕對是他最佳的道路。

這一夜，吉祥異常亢奮，因爲他期待的日子終於來臨，好戰的吉祥一直也想跟江湖最狂最霸的大老闆交鋒，可是苦無機會。

今天，機會來了！

吉祥無法用任何語句形容刻下心情，唯有武力，才能表達出這種熱血沸騰的情緒。

他手執十二少借予的武士刀，直搗「暴力團」於旺角的遊戲機中心。

甫一踏入店舖，吉祥隨即大肆破壞，武士刀過處，所有事物都如豆腐般給割分兩半。

駐守遊戲機中心的「暴力團」人馬目睹此景，即向吉祥人馬衝殺過去。

短兵相接，拉開了旺角大戰的序幕。

十分鐘後，吉祥一眾人等神態倨傲從遊戲機中心步出，想必已經成功搶灘。

遊戲機中心內已變成一片頹垣，「暴力團」兵馬全軍盡沒！

吉祥戰線打響頭炮，取得第一戰的勝利。

接下來，「架勢堂」雄獅以雷霆萬鈞之勢狂攻「暴力團」的夜店，三十分鐘過後已擊潰了一間桌球室、一間酒吧和一間芬蘭浴室。

連勝四仗，吉祥下一個目標正是「暴力團」於旺角的地標的士高（注）。

吉祥看著的士高的大門，心想：「只要再下一城，與大老闆碰頭的機會就要來了。」

當他踏入的士高大門後，即感到裡面有一股極不尋常的氣息。

吉祥是江湖上獵鹿的猛獸。

猛獸，總能嗅到同類的味道。

吉祥知道，一頭凶猛野獸，已在牢籠等著自己。

吉祥步入的士高內，聽到場內正播放著超重低音、節奏明快的跳舞音樂。

可是他隨即發現，偌大的的士高舞池，竟杳無人煙。

吉祥身後的門生：「怎會一個人也沒有？」

吉祥並沒回答門生的話，只注視著一方角落。

他發現一道身影正在黑暗的角落竄動，正以極之緩慢的步履踏進舞池。

這人身穿灰衣，頭顱和雙臂低低垂下，眼皮半掩，恍如喪屍一樣，沒有半點人氣可言。

來到舞池中央，他停下了步伐，吉祥意會到二人之戰就要在這裡進行。

大戰即將展開，吉祥忽然感到一陣無形的壓力，以及不曾有過的緊張。

吉祥向身旁的門生低聲道：「你們全部退走，十五分鐘後還沒有我的消息，立即撤出旺角去跟阿大會合。」

面前的敵人，實力難以猜測，連一向自負的吉祥也沒有十足把握能戰勝對方。

所以他便撤走門生，一來避免他們犧牲，二來可讓自己專心應戰。

吉祥凝神戒備，雙目一直緊盯對手。

灰衣人垂首不動，鼻子卻在不斷嗅索。

注：即迪斯可（Disco），來自法文的discothèque，意指那些播放錄製好的跳舞音樂的舞廳，混合了爵士樂、搖滾樂以及拉丁美洲音樂的某些節奏特點。

良久，灰衣人緩緩地把頭抬起，以一雙空洞的瞳仁望著吉祥。

繚亂的燈光照射在灰衣人的臉上，其五官隱約展現在吉祥眼前。

吉祥不曾見過這個人，當然也不知道，他就是當日大敗火兒的王九！

王九的目光沒有半點神采，甚至可以說不帶有活人的氣息，被這種眼神盯著，吉祥感到無比不安，加上的士高內的強烈節奏音樂，更令他煩躁難耐。

他已無法再忍受這種不安與煩躁！

音樂停下來的一刻，吉祥就如猛虎出籠撲向獵物，想要把大敵殺之而後快。

「索索。」王九深深嗅索了兩下：「我嗅到你的級數，你和我的距離，差得很遠、很遠。」

吉祥祭出武士刀，以破風之勢劈向王九。

刀勢厲烈萬鈞，連空氣也被撕裂，發出颯颯聲響。

王九，仍然紋風不動。

直至刀鋒來到王九面前五呎，他才動了。

動的，並不是他的人，而是他的嘴巴。

王九冷冷道：「刀，脫手。」

話語甫畢，吉祥緊握著的武士刀，果真脫手飛開。

吉祥駭然：「什麼？」

震駭，緣於吉祥根本看不見王九何時出手。

武士刀雖然脫手，但是吉祥卻沒勒住步伐，反而變招轟出霸拳。

拳頭近在王九面前三呎。

王九依然木無表情：「人，跪下。」

「吔！」

慘叫一聲，吉祥竟然眞的跪在地上。

一切來得太過突然，到底王九如何弄脫吉祥手中的刀？又如何令他跪下？

吉祥當然很想知道答案，不過看來他沒有這機會，因爲王九的巨掌已壓向他的天靈蓋上。

轟！

腦袋面門如遭炸彈恐怖襲擊。

下顎骨以及兩排大牙承受不了撞力，慘被壓碎。

壓力迫向耳窩，耳膜亦快要穿破。

金星直冒，意識漸漸迷糊。

王九輕輕一擊，已爲吉祥帶來如此震撼的傷害。

廟街之虎的性命，岌岌可危！

十五分鐘後。

尖沙咀。

十二少戰線勝仗連連，但領軍的統帥卻忐忑不安，因爲自十五分鐘前，吉祥已再沒有向他報告戰情。

老江湖只感憂心如焚。

「嘟嘟嘟嘟嘟，嘟嘟嘟嘟嘟……」

電話響起，不安的感覺頓即湧上心頭。

「喂。」十二少接聽。

「十二少。」來電的人，有一把嘶啞的聲線：「我是大老闆，吉祥在我手上。」

十二少急道：「你想怎樣？」

「我要你十分鐘之內，一個人來果欄見我，遲一分鐘，我便割掉吉祥一根手指！」

沒有多餘的半句話，大老闆便掛了線。

闖上果欄，十二少還可以有命活過今晚嗎？

這無疑是一條死路。

但十二少想也沒想便騎上電單車，踩盡油門，單人匹馬向油麻地進發。

縱然知道此行是九死一生，他也不作考慮、絕不後退。

因爲十二少絕對不是那種見死不救、貪生怕死的人。

若要他拋下自己的兄弟不顧，今後還有什麼資格面對同門？
縱然活著也愧對兄弟、愧對自己。
所以十二少決定走上這條不歸路。
活，就要活得不愧不怍；死，也要死得無悔無憾！
比限時還快了兩分鐘，十二少來到油麻地果欄。
他正一步一步，踏入十八層地獄！

同一天空下，九龍城寨。
另一個熱血丹心的人物，也正步往地獄之門。
火兒和震威來到龍津道地下賭館的入口，推開大門，昂步而入。

2.5 信一

地下賭館的入口掛上一張藍色布簾，館內擺放著數張賭枱，番攤、牌九、骰寶、十三張等各式各樣，供賭客玩樂。

賭館牆角擺放了一個地主神位，神位兩邊分別貼上一張寫著：「五方五土龍神、前後地主財神」的黃紙。另有一張「大殺三方」橫貼在神位上方。

賭客個個綳緊著臉，大口大口抽著香菸，吞雲吐霧，環境一片煙霧迷離。

贏了錢的，繼續押注，不知收手，直至輸光所有糧草爲止。

輸了錢的，就當場借高利貸，愈陷愈深，最終只有跌入萬劫不復的深淵。

除了賭客，這裡還有眾多「維持秩序」的保安人員。

火兒手執一個紅色膠袋，與震威來到這糜爛之地。

火兒本已流露出一股濃烈的江湖味，加上來勢洶洶，立即惹來保安的注意。

三名保安分別在火兒的前方、左側及右側向他走近。

震威在火兒耳邊低聲道：「火兒，算了吧，我們還是盡快離開這裡。」

面對眼前局面，震威早已怕得要死，相反火兒卻了無懼意，目光仍然如炬火灼熱。

三名紋身保安，已站在他們身前，截住二人的去路。

他們的名字不太重要，就以大隻佬甲乙丙爲代名吧。

火兒記得在競技場見過這三人，他們正是當時封住震威退路，不肯讓出活路給他的紋身大漢。

位處中間的大隻佬甲一雙怒目盯著火兒：「兄弟，你來發財，還是來找麻煩的？」

「找人。」火兒冷冷道：「叫信一出來。」

大隻佬乙大喝：「你以爲自己是誰，有什麼資格見我們老大？」

惡人怒喝，唬得震威垂下頭來。

大隻佬乙望著震威喝道：「原來是你這膽小鬼，喂！你不是說來還債嗎？錢呢？」

大隻佬乙的話，讓火兒知道剛才震威在途中碰到的人就是他。

火兒沉聲道：「他的錢，全都被你搶走了！」

「你說什麼啊！沒錢還債，還竟敢在我的地方誣衊我、惹火我？」聲音粗爆惡狠的大隻佬乙向火兒轟出一拳：「我要打爆你的狗口！」

大隻佬乙這一拳不但速度緩慢，而且欠缺威力，火兒左手五指箕張，已把他的拳截下。

火兒把大隻佬乙的拳扣在掌心，五指發力抓緊，即發出骨折之聲，手指的關節大部分已被壓碎。

大隻佬乙的處境就如被一部壓榨機壓住一樣，只要火兒施勁，便可把他的拳頭弄成眞空一團。

拳頭快被握碎，大隻佬乙痛得跪在地上，殺豬般大叫起來。

「哇！好痛呀！」大隻佬乙痛得面容扭曲，口水四飛：「眞的好痛呀！」

火兒不但沒有放輕力度，更把手中的袋子砸向大隻佬乙頭上。

嘭嘞——

一陣玻璃碎裂聲響起。

袋子裡原來裝著幾瓶玻璃啤酒樽。

受此猛擊，大隻佬乙已昏死過去。

大隻佬甲大吼：「找死！」

火兒動手，大隻佬甲亦已動了。

大隻佬甲右臂拉弓，人如坦克般衝向火兒。

火兒不慌不忙，橫揮袋子，擊在大隻佬甲前臂上。

火兒將袋子往下一扯，便在他的手臂割出數道深深血痕。

「吔！」

大隻佬甲痛苦吼叫。

這一幕，震威看得心膽俱裂，他沒想過火兒二話不說就動手，而且手法還如此狠辣。

震威驚得臉色發青，只知今次已經回不了頭，他和火兒都死定了。

大隻佬甲慘被重創，往後瞌撞，賭客見有血案發生，都如驚弓之鳥，搶著離場。

混亂的人群中，卻有一人極爲鎮靜地看著事件發生。

她是藍男。

定睛在火兒身上，她饒有趣味地看好戲：「哦，又是火兒。」

大隻佬甲乙分別掛彩，只餘大隻佬丙未曾動手。

大隻佬丙正想動手之際，火兒已掃出一腳，蹬在他肚皮上。二百多磅的肥肉此刻竟輕如柳絮，被踢出好幾丈遠。

三人在短短十數秒內被火兒打垮，現場其餘六名保安立即取出單車鍊、牛肉刀甚至摺凳等武器向他衝殺過去。

面對六大惡漢，火兒神態傲然，全因他對自己的實力，有絕對的信心。

六名保安跑到二人身前，高舉著武器，向火兒發動攻擊。

困獸鬥展開，殺聲四起。

巨大的咆哮聲浪，傳至賭館二樓之內。

二樓是賭館的帳房，這裡沒有特別的布置，只有一張辦公桌子、幾張椅子和一台用作供奉神祇的十呎神櫃。

被供奉的神祇，當然是忠肝義膽、浩氣長存的關二哥。

一個坐在龍鳳木椅的男人，右手五指快速地撥動著古舊算盤，左手如機器般點算著大疊鈔票。

男人埋頭苦幹地點算帳目，全不爲樓下的聲音所動。

站在帳房一旁的一名大漢按捺不住：「老大，下面好像有事故發生。」

「殊。」男人沒有看門生一眼，只專注工作：「阿鬼，不要吵。」

阿鬼想下去看個究竟，卻生怕觸怒男人，舉步又止。

沒多久，樓下所有聲音停頓下來。

嘭——

帳房的大門給一記重腳踢破。

火兒一手抽著大隻佬乙的衣領，闖上帳房來了。

帳房內的門生看見大隻佬乙奄奄一息，被火兒在地上拖行，已怒得咬牙切齒，但男人卻仍然無動於衷。

火兒發力一抛，把大隻佬乙擲向男人的辦公桌上。

大隻佬乙的身軀給擲落到桌子，再反彈到地上。

「大明！」阿鬼激動叫喊，將大隻佬乙扶起。

此時，男人亦算好了帳目，高舉雙臂，伸了個懶腰：「完成！」

男人此時才看見阿鬼半跪地上，抱住大隻佬乙。

男人淡然問道：「阿鬼，發生什麼事啊？」

阿鬼瞪著火兒：「老大，他來搗亂！」

男人沒有動怒，慢慢站起，狐疑地看著火兒。

火兒亦緊盯著對方。

「你就是信一？」火兒這樣的問。

「我就是信一。」信一這樣的答：「信用卡的信，一諾千金的一！」

「信用卡的信？」火兒皺著眉，望著信一。

「我為人最講信用，全城寨都知。」信一再伸懶腰：「至於我的信用額度屬於普通卡還是金卡？就要閣下來判斷了。」

「信用？如果你是講求信用的人，又怎會搶去我兄弟的錢，然後又迫他還債呀？」火兒愈說愈怒，他最看不起的就是敢做而不敢認的人，他認定了這事件的幕後主謀是信一，故對其態度相當強硬，直斥其非。

「你到底在說什麼？我一句也聽不明白。」信一抓著後腦杓，一臉懊惱地說。

火兒只有更怒：「還在裝傻！」

「你給我說得清楚一點吧。」

火兒大聲說道：「好，你不清楚，我就跟你說個清清楚楚、明明白白！」

接著，火兒便把今天發生的一切，從頭述說出來。

聽罷，信一沉著臉、抽著菸，不發一言。

「信用卡的信，現在夠清楚、夠明白了吧！」火兒瞪著信一道：「怎樣了？現在你手下搶了我兄弟的錢，講求信用的你怎樣處理？」

火兒的話，甚具挑釁性，震威到現在仍無法理解，他何以會有這麼大的膽量。

信一垂首顰眉道：「我會調查，如果眞有其事，我會給你一個交代。」

「調查到何時？」

「有結果爲止。」

「他媽的！你分明在耍我！」火兒怒吼：「什麼爲人最講信用，簡直一派胡言！你縱容門生、徇私舞弊，根本就是個唯利是圖的人渣！」

一再挑釁，信一已經忍無可忍了！

「你來到我的地方，打傷我的門生，現在還敢這樣跟我說話！」信一一掌砸落桌上：

「你知不知道只要我一句話，便可要了你的命！」

「說不過我便發難，我火兒最討厭就是你這種人！」火兒用手指頭指著自己胸口，激動道：「我的命就在這裡，有本事來取！」

信一氣得臉紅耳赤：「我已說過你的事我會調查，你怎麼如此蠻不講理！」

火兒雙掌拍在桌上，把臉壓近信一：「你敢看著我說你對此事全不知情？」

信一瞪大雙目，字字鏗鏘地說：「我、不、知、情！就算你再問我一百次、一千次我也是這個答案！」

二人，同以凌厲目光逼視著對方。

誰也沒有退讓之意。

帳房一片寂靜，氣氛一直僵化、膠著，火兒和信一足足對峙了二十多秒。

直至其中一人的眼神軟化……

他是火兒。

這一回，火兒輸了。

火兒光憑一股怒火找上信一，但其實他根本沒有實在證據證明信一是策劃者。

火兒還有理據爭論下去嗎？

「今日的事全是我的主意，與我兄弟無關，你要算帳找我好了，請不要傷害他……」

火兒態度似有懇求之意。

信一望著火兒，不作回答，讓他繼續說下去。

「還有，他欠你們的帳也由我來承擔，總之今後我兄弟和你們『龍城幫』，不拖不欠！」

火兒的豪情，令震威感動得毛管直豎，他很想獨自承受債務，卻又知道自己沒這能力，始終也開不了口。

信一翹起拇指，轉怒為笑：「你夠義氣，我欣賞你！不過你打傷我門生這筆帳我一定要跟你算。」

火兒無言以對。

「你欠我的錢，今晚十二點便到期，現在距離期限還有兩小時。」信一收起笑容，正色道：「期限一到，我會連同你打傷我兄弟的帳，跟你一併討回！」

信一疾言厲色，火兒知道這次已沒有轉圜餘地。

信一揚手道：「走吧。我們兩小時後再見。」

沒有證據，火兒再惡也奈何不了對方，加上自己傷及「龍城幫」的人，信一讓他們離去，已是奇蹟。

但火兒知道兩小時後沒錢償還，處境相當危險，他如何能在死線前找來金錢？

二人離開賭館，走在大街上。

「火兒，我對不起你！」震威歉疚地說。

火兒笑了笑：「不要再跟我說對不起了！」

震威仍滿面歉意：「但今次的事始終因我而起，我欠你的實在太多太多！」

「做兄弟有今生無來世，根本不用計較，只要你當我是朋友就足夠了。」火兒拍拍震威肩膊，反過來安慰他。

能遇上火兒這個朋友，震威夫復何求。

「火兒，我有點不明白。」震威問道：「一開始面對信一時，你明明理直氣壯、了無懼意，怎麼後來又屈服了？這不像你的性格。」

「我讀過一些心理學的書籍，大概可以知道別人說謊時的眼神及反應，起初賭館裡的傢伙一聽到我說他搶了你的錢便立即動手，顯而易見是想先發制人，阻止我說下去。對付這種人，我何須留情！還有，我認得他們正是昨天在競技場把你退路堵住的人。那時你差點便要死在AV手上，他們沒有讓開，眞想看到你頭破血流才甘心，既然他們如此喜歡血腥，我便給他們看個夠！」火兒續道：「但信一卻跟他們不同，我迫問他的時候，他的視線一直沒有躲閃，眼神非常堅決。除非他是說謊的高手，否則絕不可能逃過我的法眼。」

「也就是說，他的所作所爲信一全不知情。」

「沒錯。」

「還有兩小時，我們怎麼辦？」

「現在你什麼也別去想，給我回家睡覺，我自有解決辦法。」

「這怎麼行！」

「你和我一起，我的辦法便行不通，總之你相信我便是。」火兒一笑：「我答應你，明天一起吃早飯。」

「…………」

震威自知就算跟著火兒，也幫不上忙，更有可能成爲他的負累，想到自己如此不濟，愧疚得無地自容。

二人說著走著，渾然不知藍男一直跟隨在他們身後。

2.6 叮噹

賭館裡面一片混亂。

信一的門生個個傷痕累累昏死在地上。

信一拿著算盤，在賭館點算損失，門生阿鬼緊隨在後。

信一喃喃道：「賭枱損毀了三台，一萬二千、木凳破損了八張，六千四百、燈飾七千……」

點算過後，信一蹲下來看著躺在地上的一個門生。

在信一眼前的一個門生，背部朝天，滿身插著玻璃碎片。

信一留心看過門生的傷勢，皺著眉頭說：「傷得很重。」

信一以指尖把那門生的頭托起，發現他眼眉對上，插著一塊刻著「生力」的玻璃碎片。

「生力啤酒……」信一平靜地說：「再過一吋，你的左眼便要報銷了。」

「阿鬼，我發大財了！」信一忽然跳起，拋下算盤興奮道：「火兒傷了我那麼多人，最少要給我十萬元作賠償！」

阿鬼：「但看他的樣子，哪有十萬元還給我們？」

「沒錢不要緊，他有的是色相！」信一拍拍掌，活像個大孩子：「我們尖沙咀那間舞男的夜店，來來去去也只有一些中年婦人光顧，今次注入火兒這新血，以他的質素，一定很受同志和ＯＬ歡迎！」

阿鬼附和說：「老大，你眞夠頭腦！」

信一笑道：「我之所以想到這生財大計，全靠福星相助。」

阿鬼好奇：「誰是老大的福星啊？」

「當然是暗中替我搶奪震威金錢的人啦，若不是他，我又怎會遇上火兒此等好貨色。」信一嘻嘻笑著：「給我知道他是誰的話，我一定會好好獎勵他！哈哈！」

大隻佬甲囁嚅道：「老大，實不相瞞，其實你要找的人，就是我和大明（大隻佬乙）呢……」

「果然是你倆。」信一露出讚揚之色：「我爲人最講求信用，說過給你獎勵，一定會言出必行。現在你先給我準備兩瓶威士忌。」

「威士忌？」

信一露出一絲狡黠：「火兒這『狗糧養的』用生力酒瓶打傷我的兄弟，我當然要以威士忌來回敬他了，嘿嘿。」

信一把「狗娘養的」的眞正意思完全曲解。

威士忌酒瓶堅硬無比，若給砸在頭顱之上，後果難料。

火兒重創「龍城幫」人馬，信一身爲幫會高層，爲門生討回「公道」，責無旁貸。

信一不但要火兒賠償金錢，還要以武力給他教訓整治。

好給火兒知道，「龍城幫」這個「招牌」誰也招惹不起！

油麻地。

十二少單刀赴會，步入果欄，迎見一代狂人大老闆。

十二少游目四顧，這裡沒有如他預期中伏下重兵，也沒有一點殺氣，他只聽到不遠處傳來一串開懷的笑聲。

十二少步入果欄的心臟大巷，看見一幕令人驚心的景象。

只見吉祥滿身是血，頹然跪在地上。

因爲失血過多，吉祥的面色變得如白紙一樣，單目更已失去焦點，進入了半昏迷狀態。

刻下情境，十二少怎不心焦，只是他卻不敢輕舉妄動。

因爲，一把利刀正架在吉祥頸項側旁。

十二少嘗試踏前一步，卻見刀鋒砍入吉祥的皮肉一分。

十二少退回一步，刀鋒也撤回到原來的位置。

十二少和吉祥的距離約有廿多呎，若然他不顧一切地衝上前，結局是：在十二少還未救到吉祥，他的頭顱已被刀鋒割下，身首異處。

十二少不敢賭這一局，因爲眼前的對手是大老闆！

十二少：「我來了，放了他吧。」

大老闆右手握著武士刀，左手拿著錄影機遙控器，卻沒看過十二少一眼，也沒打算回應他的話，一心專注收看電視。

電視螢幕上有一個四眼的學生，對著一頭機械貓哭訴。

「嗚嗚嗚……叮噹，我不依啊，技安又再欺負我……」

八〇年代，這套卡通叫《叮噹》。

大老闆看著這一幕，笑得合不攏嘴。

大老闆：「哈哈哈哈哈哈哈哈哈哈哈哈哈哈哈哈哈！大雄眞的很白癡呢！」

十二少看著瀕死的吉祥，心急如焚，卻忌憚大老闆而沒有動過半步。

十二少進退維谷，一直原地立著，情況就似一個被老師罰站的小學生。

直至十分鐘後，大老闆把《叮噹》的錄影帶看完。

「《叮噹》這套卡通片，大人小孩都中意。」大老闆望著十二少，滿意一笑：「你有沒有看過？」

十二少冷冷地回應：「有。」

「那你最喜歡哪一個角色？」

「叮噹。」

「原以爲你會有些與眾不同，想不到你的品味如此大眾化。」大老闆笑說：「你猜猜我喜歡哪一角？」

「我不想猜！」

「猜猜看啦，這是一場有獎問答遊戲，只要你猜中我便放了吉祥。」

「阿福？」爲了門生，十二少只好乖乖回答。

「錯！」

「靜宜？」

「又錯！」

「大雄？」

「都錯！」

「技安、叮鈴、豆沙包（銅鑼燒）……」

「錯！錯！錯！我揭盅了！」大老闆咧嘴大笑：「《叮噹》中，我最喜愛的角色就是大雄媽媽！哈哈哈！一個女人要打理一個家庭已經不容易，大雄媽媽還要照顧一個智障般的兒子，而且從來沒有怨言，你說句公道話，她是不是很偉大、很值得我們敬佩呢？」

十二少怒道：「他媽的！」

親信正徘徊於瀕死邊緣，大老闆卻一再說著這些無聊透頂的話題，十二少的忍耐力已到極限，他已決定拿自己和吉祥的生命作賭注，邁出一步、迎向死神！

大老闆亦同時緊握著武士刀柄。

十二少咬緊牙關：「小吉，如果我今日不能把你活著帶走，阿大就陪你一同上路吧！」

大老闆忽然把武士刀提舉，以一種欣賞的眼神看著刀鋒。

大老闆的注意力轉到武士刀上，十二少雖然心急，卻慶幸吉祥沒有即時的生命危險，謀定而後動。

大老闆：「這把刀是誰鑄的？」

十二少：「服部半藏。」

大老闆：「日本鑄刀大師，服部半藏？」

十二少：「是。」

大老闆讚嘆道：「好刀！」

十二少：「大老闆，我人已來了，你到底想我怎樣？」

大老闆俯望著吉祥：「我想你過來帶走他。」

大老闆從腳下取出一口箱子，拋到十二少身前。

大老闆續道：「收下這一口箱子啦。」

十二少望著腳下這口箱子，狐疑道：「裡面是什麼東西？」

「錢。」大老闆說：「現金一百萬。張張鈔票都是全新，我專程從銀行提出來的。嘿嘿……」

十二少滿肚疑問：「爲什麼給我錢？」

大老闆：「我搞砸你的地盤，賠錢給你，天經地義啊。就算廉政公署查問也不怕呢！」

十二少的疑問更深：「你到底有何動機？」

起初，十二少還以爲自己相助火兒而開罪了大老闆，現在看來事實並非如此。

「別人都說廟街十二少有膽識、有義氣，我想知道傳聞是否眞實。」大老闆拍拍大腿：「今日一見，果然名不虛傳！」

「你毀我家園、傷我兄弟，就是爲了試我爲人？」十二少寧願大老闆是爲了火兒而發動今晚的戰爭，這樣還合乎情理一點。

「全中。」大老闆答得輕鬆平常：「所以我賠給你錢。」

十二少望向吉祥：「小吉，走吧。」

十二少走到吉祥身前，蹲下來，扶起了他。不宜久留，站起就走。

大老闆：「等等！」

十二少：「你又想怎樣？」

大老闆把武士刀拋給十二少：「你眞是個大頭蝦（注）。」

注：粵語裡的高頻用詞，形容一個人很粗心，通常說一個人老是丟三落四，就說他很「大頭」或「大頭蝦」。

十二少接住武士刀，皺眉望著大老闆。

大老闆笑道：「如此好刀，若忘記帶走，我肯定你會很掛心。幸好我不是貪心鬼。」

十二少沒理會大老闆，對吉祥輕聲說：「撐住啊。」

吉祥顫聲說：「我……還未死得了。」

望見十二少扶著吉祥離開，大老闆一臉欣慰：「當眞是兄弟同心。難得、難得！」

大老闆會因爲一個念頭、一個想法，幹出別人意想不到的事情。

這一次，他爲了一試十二少是否人如傳聞，可以動用過百門生，大舉掃蕩他的地盤。

下一次，他又會想到什麼點子，繼而幹下人神共憤的事情？

天曉得！

2.7 喵喵

大老闆放走吉祥和十二少之後，逕自來到果欄大巷上位於二樓的屋內。

他走近門前，輕聲地取出鎖匙，打開門鎖，鬼祟地從門隙窺視裡面環境。

裡面是個大約二百餘呎的單位，除了浴室裝上一扇門外，全屋都是開放式的設計。

天花板的角落設有多台閉路攝錄機。所有窗戶都裝上堅固的鐵柵，是個被二十四小時監看的獨立牢籠。

大老闆躡手躡腳進入屋內，走到置在大廳一角的睡床前，輕聲地說：「小喵喵，我來啦。」

一個睡眼惺忪、年約十六、七歲的少女從被褥鑽出頭來：「爸爸。」

大老闆笑吟吟道：「小喵喵，今天是妳的生日，妳猜爸爸買了什麼禮物給妳？」

喵喵眨了眨眼睛：「我不知道啊。」

大老闆從身後拿出一物：「是一個新的——項環啊！」

喵喵收到的生日禮物，是一個項環，一個應該扣在寵物頸項上的項環。

世上竟然有一個父親，送出這樣的東西作爲女兒的生日禮物。

大老闆不單瘋狂，簡直是變態！

大老闆：「小喵喵，喜歡爸爸爲妳精心挑選的生日禮物嗎？」

喵喵高興地回答：「喜歡啊！」

「我早就知道妳會喜歡。」大老闆：「我給妳戴上它。」

大老闆很細心地爲喵喵戴上項環，雙眼像欣賞著稀世傑作一樣，極爲讚嘆。

大老闆兩眼發光，滿意地笑著：「超美麗的！」

「很漂亮啊！」喵喵喜道：「多謝爸爸。」

大老闆以項環作爲女兒的生日禮物已經很荒誕，更荒誕的是，喵喵竟然在笑。

喵喵微笑：「爸爸，這星期的帳單我已計算好了，就放在書桌上。」

大老闆摸摸喵喵的頭，再拿起扣在床架上的鐵索，用銅鎖連接住喵喵頸上的環。

咔嚓——

上鎖。

他從書桌上取下大疊帳單，看了看道：「我的小喵喵，妳眞乖巧。爸爸不打擾妳了，早點休息。」

喵喵：「爸爸晚安。」

「小喵喵，晚安。」大老闆關燈、離開、反鎖大門。

當大老闆走了之後，喵喵再次把頭埋入被窩中，抽搐著身體。

「嗚嗚……」

被窩裡傳出了微細的嗚咽聲。

她哭了。

剛才喵喵的驚喜反應，只是佯裝出來，事實是，她一點也不開心。

世上沒有一個人甘心被上鎖囚禁，喵喵試過反抗，不過換來了大老闆毒打對待。

也試過收到大老闆的禮物而不感興奮，結果得到了一段慘痛的經歷。

大老闆不但把喵喵當成寵物一樣看待，而且還要強迫她計算果欄的生意帳目，若不能在限期內完成，後果更是不堪設想。

由於屋內裝滿攝錄機器，喵喵就算要哭也只能躲在被子裡面。

她的人生根本全無自由，每一天都在驚慌之中度過，身與心受盡魔鬼的折騰！

這樣的人生，還有活下去的價值嗎？

喵喵哭著：「嗚嗚……嗚嗚……火……」

有！

喵喵和著哭泣聲，哼起一個人的名字。

一個情深義重的人物！

「火兒哥……」喵喵淚如雨下：「你到底在哪裡啊？」

火兒，就是喵喵生存下來的唯一動力！

2.8 破相

火兒，不只是喵喵的生存動力，也是震威眼中的英雄好漢。

或許英雄，都擁有著背負重擔的大能。

九龍城寨的地下競技場人聲鼎沸。

火兒在一個半小時裡連戰七場，把對手全部擊下，大獲全勝。

他要在兩小時內籌措到金錢，就只有參與地下拳賽。

每勝一場，火兒便能獲得三千元賞金。現已累積了二萬一千元，還欠數千元便夠還清震威的債務。

站在火兒身旁的裁判，朗聲道：「今晚的參賽者眞是厲害！他已經連勝七仗！接下來就是今晚的壓軸人物，不敗戰神，AV！」

AV名字一出，全場狂呼尖叫，氣氛無比熱烈。

隆——

一陣沉重的步履，從人群中響起。

主角來了，人們立即騰出一個缺口，給這頭六呎三吋的巨物進入戰圈之內。

火兒站在中央，等待著死神來臨。

隆——

AV的腳步如太鼓震動，每踏一步都震撼人心。

AV愈接近場中央，火兒的心便感一陣劇震。

來自AV的強大壓力，任誰也難以抵禦。

火兒心想：「他的壓迫感，比大老闆還要巨大。」

當AV來到他的身前，竟壓得火兒鼻孔滴血。

火兒身高已近六呎，但與AV一比還是矮了半截。

兩人再次在這戰場上相遇，四目交鋒，火藥味十分濃烈，大戰一觸即發。

一直跟蹤著火兒的藍男，也在人群中靜待決戰。

「火兒，我看好你啊。」藍男的內心，不知何故這樣想著。

裁判人大喝：「賽事開始！」

砰！

賽事一開始，AV便向火兒的腹肚上轟出一拳。

火兒沒有想過AV的身手如此敏捷，未及反應，便已中拳。

受此重擊，火兒後退了幾步，低頭一望，發現身上的創口滲出了血水。

這一拳，掀動了王九留下的舊患，火兒痛得曲起身子，雙手按在腹肚上。

火兒痛感未散，便又覺得壓力迫近，仰首一看，驚見AV已掄起巨拳，一擊轟下！

砰！

如炮彈的重拳打在火兒太陽穴上，震得腦袋似快要爆裂開來。

「吔！」

火兒痛得雙手抱頭痛叫。

AV又再出拳：「給我倒下！」

砰！

火兒胸口再挨一拳。

他退了兩步，竟然沒有倒下，用強橫意志撐起來。

火兒傲然道：「你的拳力很弱，還打不倒我。」

AV：「！」

藍男拍手高呼：「火兒！火兒！火兒！」

藍男領頭，觀眾一呼百應，大喊著火兒的名字。

「火兒！火兒！火兒！火兒！火兒！火兒！火兒！火兒！火兒！」

「從來沒有人中了AV三拳仍能站著，這個小子很厲害。」路人甲。

「終於等到一齣好戲了！」路人乙。

群情洶湧，眾人也為火兒吶喊打氣，AV愈看火兒，愈覺得他討厭，重拳再發。

這一拳向著火兒的面門而來，火兒以右臂架開來拳，本想還招之際，竟又再中擊。

嘭！

原來ＡＶ被擋開的一拳只是虛招，真正的攻擊緊接而至，極霸之拳猛然轟在火兒兩片嘴唇上。

火兒以手掩著嘴唇，痛出了淚水：「嗚……」

口中吐出一物。

是半顆門牙！

火兒俊俏的臉孔，崩了門牙，嘴唇也變成一孖姊腸。

火兒怒得兩眼噴火：「你打崩……我的門牙……我跟你拚了！」無奈卻有點口齒不清。

火兒如出柙猛虎撲殺上前，怒火龍拳眨眼間重轟在ＡＶ面門。

這一拳威力無比，打得ＡＶ的面具凹陷，血水沿著面具的氣孔溢出。

ＡＶ首度中拳，怒不可遏，揮拳打在火兒腰間。

砰！

火兒忍痛，又再還以一拳。

砰！

二人你一拳、我一拳，已經沒有技法，純粹是暴力的對決。

雙方也沒有佔到對方的便宜，你轟出一拳後，我還以一拳。

轟——轟——轟——轟——轟——轟——轟——轟——

他們互相轟擊，足足轟了十五分鐘，到了賽事的制定時間仍未能分出勝負。

「眞是意想不到的賽果，竟然有人能與AV打成平手！」裁判分隔開二人：「我宣布這一戰，和局！」

AV出戰的每場賽事，總是以壓倒性KO擊下對手，此戰和火兒不分勝負，極度不忿。

但他又不敢破壞龍捲風定下的規則，只好暫時嚥下這一口氣，離開戰場。

由於火兒的對手是AV，所以就算是平手，也得到不錯的賞金。剛好夠他還清欠下的債務。

取到賞金，火兒臉上並沒喜色，因爲現在已過了晚上十二時，所欠的債也不是原來的金額了。

他急得像熱鍋上的螞蟻，推開人群離開此地。

火兒趕往賭館的途中，卻被一班大漢攔截去路。

疊疊人影擠滿了城寨的小巷，火兒冷汗涔涔，暗叫不妙。

截路者正是「龍城幫」的人馬。

爲首的信一手執兩瓶威士忌，露出冷冷笑容。

信一徐徐道：「你要去哪裡啊？」

「我正想去賭館把錢還你。」火兒把手中的一袋錢拋給信一：「這裡有二萬八千元。」

信一接住錢袋：「你真行，竟然可以在短短時間內把錢弄到手。」

火兒吞一吞口水：「那麼，我現在可以走了吧？」

信一看看手錶：「但是現在過了十二點，即是說，就算你有錢還給我，也不是原來的金額了。」

火兒鎮定地說：「你再給我一個月期限，我保證會還清所有利息。」

「這一筆帳目，我一定會跟你算得清清楚楚。」信一眉頭一緊：「但你今日大鬧賭館那筆帳，我現在就要跟你清算。」

2.9 再遇

屋漏偏逢連夜雨，門牙才剛被打斷，立即又要面對信一，火兒此刻有種要在大暑日子吃灌湯餃的感覺。

唉，今晚打的架可真夠多了。可免則免了吧！

「信一，你別亂來，我……很會打的，你們合起來也絕非我的對手。」能恫嚇得了對方嗎？

十足狀態的火兒或許能跟他們一拚，但事實是，這時他的精神力、體力以至戰鬥力都非常疲弱。

鐵鑄身軀，傷了累了。

可惜，信一並非一般的小混混，不會因火兒的話而卻步。

可幸，信一也並非你可以猜度到的一般人。

只見信一居然展露笑容：「你拳腳了得我一早已知，就不知你酒量如何？」說著把一瓶威士忌拋給火兒。

火兒接過酒，大惑不解：「哦？」

信一向身旁的門生打了一個眼色，門生立即從後拖出兩個血人來。

血人正是大隻佬甲乙。

「我已調查清楚，『龍城幫』裡果然有害群之馬，我已給這兩個狗糧養的好好教訓了。」信一續道：「若你消了氣，請喝下它吧。」

信一處事公平，火兒豈有不服之理，拿起酒瓶，豪氣喝下。

火兒走到信一身前：「我欠你的錢，一定會在一個月內還清。」

「你雖然過期還款，但我打算給你打個八折，所以算夠數吧！」

火兒爲朋友揹上債務的豪氣深得信一欣賞，故才給他優惠。

「多謝。」

信一忽然爆出一句：「用臘腸配酒嗎？還要並排兩條如此厲害！是榮華臘腸？你怎會隨身攜帶？」

雖然街巷燈光昏暗，但信一這一個誤會還是惹笑非常。

火兒氣道：「這不是臘腸，是給打腫的嘴唇，不行嗎？」

「眞的假的？太滑稽了！」信一噗哧笑了出來。「哈哈哈哈哈哈哈哈……笑到淚水都流出來了……」

火兒面紅耳赤：「笑夠了沒有？」

「噗……夠了……其實我還有些生意想和你細談……噗。」忍笑忍得很辛苦的信一說。

「生意？」

信一貼近火兒身邊，耳語：「有沒有興趣當男公關？」

「男公關？」火兒瞪眼。

「全職或Part time都可以！」信一捏了火兒的屁股一把：「好結實啊！你在我的場當男公關，我擔保你一定大紅大紫！」

火兒吞了吞口水：「不……不了。」

「你慢慢想想。」信一轉身就走：「想通了隨時往賭館找我。」

火兒看著信一背影，心道：「信一，他的信用額値肯定超過金卡呢！」

事情得以解決，火兒心情開懷，豈料在歸家途中的巷子轉角，又遇到另一個人。

藍男。

轉角遇到藍男，直如轉角遇到愛，教火兒的心即時如小鹿亂撞。

不是因爲她是養眼美女，而是……

因爲……

話說……

總之……

火兒不懂得要怎樣描述那感覺。

「嗨！」藍男翹起嘴角：「火兒，我們又見面了。」

火兒愣了愣，不由自主張大嘴巴：「啊！」

怦—怦怦—怦怦怦—怦怦怦怦（火兒心跳加快）

火兒察覺不妥，又慌忙合起嘴巴：「嗯。」那是因爲他不想藍男看到他崩了門牙的醜態。

不過他從藍男那雙漆黑瞳孔的反映裡，已看到自己的蠢相。也順帶看到藍男那張恰巧映照了月色的小臉，好像在發亮。

怦怦怦怦怦怦怦！（火兒心跳亂了）

火兒感覺自己的心跳急速又響亮，猶如驚雷。他甚至有點懷疑，這樣高速而又大聲的心跳，藍男也會聽得到。

一顆心就像在用力彈跳然後梗在喉嚨裡，火兒強行把它壓下，然後沒說一句話，就從藍男旁邊擦身而過。

火兒的冷淡對待，叫藍男十分氣結，嗔道：「喂！給我站著。」

火兒卻沒停下，背對藍男：「我正趕著回家，下次再跟妳談吧。」

藍男跟在火兒後面：「我現在要跟你談。」

火兒步伐漸急起來：「我不跟妳說了，再見。」爲擺脫藍男，火兒索性發足奔跑。

藍男一怔，奮力去追。

怦！怦！怦！怦！怦！怦！怦！怦！怦！怦！怦！怦！怦！怦！怦！（心跳頻率快要到達心臟病發的臨界點）

男的慌失失：「妳幹嘛跟著我？」

女的吆喝：「給我停下來！」

男的冒出冷汗：「不要跟著我。」

女的生氣：「你幹嘛要跑？」

男的回答：「妳追，我當然跑！」

火兒步速加快。

女的不放棄：「你跑，我當然追！」

藍男死命緊隨其後。

火兒不斷地跑，傷口刺痛得很，但形象還是比較要緊。

城寨分岔路甚多，火兒轉了幾個路口，終於擺脫藍男，停在一個公園歇息。

火兒一屁股坐在鞦韆上，張大了口，合起雙眼不住喘氣：「嗄……幸好以前追捕仇家練就出一身跑功，不然就一世英名全毀了。嗄……」

驀地，一道身影走在火兒身前：「你不是趕著回家嗎？幹嘛待在這裡？」

火兒不用抬頭也知道來者是誰，忙以雙手掩住嘴巴。

看見火兒的狼狽相，藍男忍不住笑：「哦，原來你怕給我看見門牙斷了，我在競技場已看得一清二楚啦！」

火兒心道：「她早就看到……早知道就不用跑得那麼辛苦了。」

藍男坐在火兒身旁的鞦韆板上，二人來回盪來盪去。

氣氛沉默了好一陣子。

火兒用眼角瞄了藍男手腕上的手錶一眼。

那是一隻鮮黃色錶面的哈哈笑手錶。

眼利的藍男即時發現，還了火兒一個眼神，裝作凶巴巴：「幹嘛偷看我？」

火兒急急轉面：「我……沒有啊……」

「沒有的話怎麼畏畏縮縮？」

火兒一臉窘態：「我……哪有畏畏縮縮？」

「哼！」藍男道：「你的膽子眞不小，首先破壞競技場規則，之後開罪信信，又與AV打個平手，現在九龍城寨無人不識你啦。」

「信信？」藍男對信一的親暱稱謂，令火兒有點神思恍惚。忍不住試探地問：「妳和信一很熟稔的嗎？」

藍男眉頭一揚：「幹嘛？你想調查我的底細，還是對我起色心啊？」

火兒的臉刷地一下漲紅：「不……只是隨便問問而已。」

「隨便問問會臉紅起來嗎？」藍男斬釘截鐵地說：「我肯定你喜歡我！」

如此直接的女孩子，叫火兒不懂應對，呆在當場。

藍男見火兒沒反應，就自顧自說：「信信是我的堂兄。」

火兒心中竊喜。

藍男見他笨笨的，忽然也就笑了。

笑意，一直從嘴角傳到心坎，教藍男自己也狐疑。由於自小就住在九龍城寨這三教九流之地，面對惡人、壞人的比率實在太高，不強悍一點可不行。凶巴巴比溫柔的笑，實用得多，因此藍男從來不是那種笑臉迎人的女生。

既不嫵媚，也不嬌羞，更談不上溫柔，亦不會裝可愛。

五官不算標緻，可是，合起來卻相當好看。而那一個火兒有幸看到的笑容，豈止對人畜無害，簡直甜美動人。

直視這樣的微笑，又一次教火兒看得發呆。喜歡的理由，有時就是不能解釋。喜歡一個人，原來眞的會變蠢變呆。

而那絲愛慕，藍男捕捉了。她的心頭有一瞬間的奇異感。她雖然沒談過戀愛，但卻一點也不笨。他和她身體的細胞，正在散發什麼訊息，她隱隱約約卻實實在在嗅到了。

——那是甜味。

空氣在流動，感覺在蔓延。鞦韆不停盪呀盪。

兩人開始攀談起來。

「藍男，妳知不知道ＡＶ是個怎樣的人？」

「我只知道他討厭黑幫，喜歡暴力，每次打完比賽，就會將贏到的所有賞金來買日本色情錄影帶，所以才會被人叫作ＡＶ。」

「如此奇怪？」

「嗯！」藍男轉問：「喂，你今年幾歲？」

「廿三。」

藍男心道：「跟我同年的。」

藍男站在踏板上撐撐腰，鍬韆高飛：「不如說說你的童年往事，又或者初戀回憶啦。」

烏黑的秀髮在夜空中飄逸，煞是好看。

火兒低聲道：「初戀嘛……」然後沉默。

藍男大喊：「幹嘛？你不是沒有戀愛過吧，你現在還是處男？」

火兒窘道：「別要亂說！」

藍男水汪汪的大眼睛瞪著火兒：「你沒有戀愛過，暗戀總有吧？」

提到暗戀，火兒的思海回到了小學年代，憶起那曾令他心儀的女孩。

不知算不算早熟，初次觸電的感覺，發生在小學六年級的時候。

火兒現在仍清楚記得，那是個開朗活潑、紮著雙辮的女生。甚至她的容貌，依然歷歷在目。

藍男揚揚眉毛：「你在想你的暗戀對象嗎？她是怎樣的，說來聽聽。」

火兒帶點靦腆：「妳眞是的！別多事。」

「哼！不說就算了。」

火兒又再瞄了藍男一眼：「時間也不早了，回家吧！」

火兒從鞦韆跳下，本來這個動作是很酷的，但因爲觸動了身上的傷口，痛得他的面容扭曲。

「哎呀！」

藍男緊張：「什麼事啊？」

「我的傷口很痛。」

「給我看看！」

火兒脫去外衣，清楚看見綑了繃帶的腹肚位置，現出AV留下的血拳印。

藍男驚惶失色：「你流了很多血啊！」

火兒看著血拳印，若有所思，喃喃道：「拳印……」腦海憶起今早在牆上發現的坑痕，不期然握起拳頭看看。

他大概想到，石牆上的坑痕是怎樣出現的了。

火兒震驚：「那些坑痕是由拳頭上的四顆指骨削刮而成！」

藍男擔心地問：「什麼坑痕？你沒事吧？」

火兒愕然：「怎可能！」

火兒內心在想：如果眞的有人能以拳頭刮去牆上的堅石，城寨裡恐怕只有一人可以做到。

——**除了龍捲風，還會有誰？**

—窄巷—

「嗨，火兒，我們又見面了！」
我是變態跟蹤狂嗎？
從賭館到競技場到這裡，我已經跟了你整個晚上。
「嗯。」
你的底細，我已經打聽過。
你也是黑道，而且不是等閒嘍囉。
你的厲害，剛才我已經見識過了。
可是你好笨拙。
你也跟信信一樣，是那種孩子氣的江湖大佬嗎？
慢著，你居然想溜？
「給我停下來！」
「不要跟著我。」
「你幹嘛要跑？」
「妳追，我當然跑！」
「你跑，我當然追！」你有種！
然而我發現，二十三年來，
我從沒試過那麼努力去追求任何事、任何人。
你是第一個。

2.10 朋友

黑市醫務所。

十二少把半死的吉祥救出後，立即來到這裡。

「醫生，他的情況如何？」

「他的傷勢雖然很重，幸好沒有傷及要害，休息一兩星期應該沒事。」

裹好傷口的吉祥躺在病床，總算能保住小命。

醫生對十二少說：「他的身上有多個小洞，明顯是被一些東西前入後出貫穿了。」

「是子彈嗎？」

「不，子彈造成的創口不會那麼細小。依我看，他是被鋼珠所傷。」

「鋼珠？」

「大約只有尾指指甲般小的鋼珠。」

十二少轉向吉祥：「你看到他怎樣出手嗎？」

「他的動作好快，我還未看見他如何發招，手中的刀就脫手，人便跪下。」吉祥回憶：「當時我和他仍相隔一段距離，他就像能隔空傷人似的。」

「隔空傷人……」十二少試著把吉祥描述的畫面以慢動作重組。

愈想，就愈覺心寒。

「如果你眞的是被鋼珠所傷，我相信王九是用指勁把鋼珠彈射出來！」

「指勁？不會是彈指神通吧？」

「就算不能百分百肯定，也會非常接近。」

彈指神通乃金庸筆下，東邪黃藥師的絕學，若然十二少推測沒錯，那麼王九的武功已經超越了常人的範疇，而且應該有著更驚人的背景來歷。

十二少沉思：「王九到底是什麼人？」

風雨飄搖的一晚終於過去。

第二日，是個陽光普照的新一天。

《亂世佳人》的郝思嘉說得沒錯——

Tomorrow is another day，明天又是嶄新的一天。

身處亂世而剛結識了佳人的火兒，一大清早起來，連早餐也沒有吃就去找牙醫補回門牙。

身上的傷口雖然還痛得很，但他卻充滿朝氣，抖擻精神開始首日的工作。

來到冰室，火兒見到昨天那個地中海夥計，正在對其他人頤指氣使，活像老闆一樣。

「喂！桌子還有一點污漬，快給我抹乾淨！你，快將餐具整理！還有你……」

火兒向地中海夥計說：「早安。」

換來一聲冷哼：「Shit！原來是你。」

火兒臉帶笑容：「我今日第一天上班，請問老闆在哪裡？」

「老闆晚上七點叉蛋飯出爐才會現身，你做外賣的不要問那麼多！」地中海夥計把一件已發黃且有異味的衣服拋給火兒：「穿上它！」

火兒揚開衣服一看，原來是阿柒冰室的員工制服。

制服背部印有公司招牌和食物價目，如下：

阿柒冰室
老闆推薦：
招牌叉蛋飯 $18
菠蘿包 $1.3
熱狗 $3.8
西多士 $5

「我來告訴你，我叫Peter哥，除了老闆之外，這裡我資歷最老、地位最高，你聽我的

吩咐就是！」洋名Peter的地中海夥計吐出一口痰：「這段時間沒有人叫外賣的，你就給我把地板好好清潔一下。」

Peter哥雖然意態囂張，火兒卻沒有放在心上，穿上醒神的員工外套，幹活去也。

把地方打掃過後，火兒就接到第一單外賣電話。

今天叫外賣的人特別多，火兒跑了一趟又一趟。也多得如此，走多幾遍以後，火兒就漸漸掌握到城寨那些九曲十三彎的路。

觀察力高超的他，還很快留意到，這裡的店舖老闆跟街坊大多混得很熟，個個見面時都有說有笑，鄰里間的感情似乎相當不錯。

住在外頭的人，大多對居住在九龍城寨的人有種抗拒感，下意識覺得住在這裡的，不是窮人就是黑道，總會架上有色眼鏡來看待。可是實情呢？窮是一定的了，當中也真有人在沾手不正經的勾當，但更多的人，卻都只是普通的低下階層。

雖然，他們對火兒這個外人的眼神還算不上很友善，但火兒知道，只有虛偽的人才會跟你擺出一副裝熟的笑臉。這裡的人的嘴臉，比他在江湖上所見過的，真摯純樸得多。

打滾江湖久了，誰是人、誰是鬼，火兒還是心裡有數的。這裡的人，即使是老粗窮鬼，卻不會是惡鬼。

無驚無險，又到了下午茶時分。火兒接到一單外賣，地點正是信一經營的賭館。

一進入賭館，火兒就見到昨天給自己打傷的幾個大隻佬，他們不約而同地露出殺氣騰騰的目光。

火兒隨即說道：「我是來送外賣的。」

大隻佬們你眼望我眼，有點不相信自己聽到的話。

火兒轉身，讓他們看見背後冰室的招牌字眼。「你們看看，我是阿柒冰室的員工，我眞的是來送外賣的。」

大隻佬們還是半信半疑。

火兒舉起手上袋子：「你們是否叫了豬扒飯、熱狗、薯條、凍奶茶啊？」

「這眞是老大叫的東西。」

「怎樣啊？」

「讓他上去吧。」

大隻佬們一番耳語後，揚揚手示意火兒上去帳房。

走上帳房，火兒見信一正埋頭點算帳目，他把大袋外賣放在桌上。「外賣到，盛惠三十六塊六。」

信一抬頭見到火兒的裝束，立即瞪大了雙目，愕然非常：「是你？你怎會做了外賣仔的？」

「送外賣有什麼問題？」

「你那麼有型，又那麼會打，當外賣仔會否很浪費啊？」

「浪不浪費不是看表面就能下判斷的，我相信人生所走的每一步都會有獲得，至於能否找到那獲得，就要看你自己的運氣和能力。」

「哈哈，有點道理。」信一打開袋子，把兩條薯條放入口中：「不知何故，總覺得跟你說話很有趣，坐下來，我們慢慢談。」

火兒覺得信一是一個品性不壞的人，於是坐了下來。

他望著信一，笑了笑：「多謝你昨晚放我一馬。」

信一大口吃著熱狗說：「是我門生有錯在先，我說過給你一個公道，不用謝啦！」

「你為人倒講信用，不過你的門生就不像你了。」

「他們做錯了事，我亦教訓過了。你的氣還未消嗎？」

「不，我只是以為有怎樣的老大，就有怎樣的門生。」

「我們都是在城寨裡長大，自小在黑道身邊打滾，被灌輸了大量錯誤的思想：暴力等同英雄，狡猾等同機智，憐憫等同迂腐……」

「憐憫等同迂腐？」火兒冷笑，心道：「難怪當晚他們在競技場不肯給震威讓路。」

「我較幸運，早幾年有機會走出城寨，見識外面世界。」信一啜了口奶茶：「那段日子我找到點錢，算是風光過，身邊來了大票朋友，個個都稱兄道弟，口裡都說他日我遇到什麼事情，一定會站在我兩旁。那時我真的以為交到一群可以信賴的好友。哪知我一出事就大難臨頭各自飛，想找一個可以幫手的人都沒有。」

對於信一的際遇，火兒也感共鳴。他自己不也是曾以眞心待人，最後落得被同門離棄的下場嗎？

「後來我重返城寨，見到昔日的兄弟，才發覺在跟他們分別的期間，我對做人的看法及對是非黑白的分辨，和他們有很大的分野。」信一大口扒著豬扒飯：「我希望可以憑自己所悟所見，慢慢把他們的想法從壞處矯正過來。不過這絕非一朝一夕就能改變的，你應該明白。」

「我明白。」

聽了信一的話，火兒對在城寨裡長大的黑道，總算有更深了解。

「我知道你是因爲逃亡而來。只要你不在這裡生事，我保證你可以平平安安一直待下去。」

「嗯，謝謝。時候不早，我也要回去工作了！」

百人斬一役令火兒聲名大噪，信一亦聽過他的事。對他的爲人及膽識甚感欣賞。同樣，信一的信用也令火兒心悅誠服。二人惺惺相惜，即將在城寨展開一段不可多得的友情歲月。

差不多沒有休息的時間，一直做到天黑。

晚上七點，叉蛋飯出爐時段，舖頭門外又再擠滿了街坊。

火兒讚嘆：「眞好生意。」

人群之中，出現了一個鶴立雞群的身影。

火兒遠遠便認出他是昨晚曾與自己一戰的人。

AV一見火兒，目光即流露出濃烈殺意。

但他並沒在此生事，因爲他來這裡的目的是叉蛋飯，而不是找碴，所以買過飯後便走了。

火兒慶幸AV沒有在冰室動手，不然弄砸了自己的飯碗便麻煩了。

火兒望向食客的叉蛋飯，心想：「好香……」忙了大半天，火兒飢腸轆轆，嗅到陣陣飯香才記起自己還沒吃飯。

阿柒拿著一碗叉蛋飯走向火兒：「你好像還沒吃飯。來，試試我的叉蛋飯吧。」

「多謝老闆。」

阿柒一貫「性感」地瞇著眼，吸了口菸說：「慢慢吃。」

火兒把飯扒入口中，一吃，立即瞪大雙眼：「啊！」

他從沒有吃過一碗如此好味的叉蛋飯！

「半肥瘦的叉燒每片厚度適中，皮脆肉軟，香味由纖維滲透出來，入口即溶，每滴肉汁都鮮甜到極，我從來也沒有吃過如此美味的叉蛋飯，他到底用怎樣的火候來燒的？」火兒內心大喊：「真的好好味啊！」

晚上十點，冰室打烊。

辛苦了一整天的火兒下班回家，卻在途中感到一股壓迫力。

昏暗的狹窄橫巷裡，早有一人等待著他。

AV！

「我要跟你再續未了一戰。」

火兒走入窄巷：「現在？」

「沒錯。打法跟昨天一樣，你我輪流互轟對方，直至一方倒下。」

火兒和AV的體型有別，這比劃方式對火兒十分不利。

「好！」但他卻一口答應。

「我先出手，有沒有問題？」

「怕你不成！」

砰——

AV首先出手，他的重拳結結實實地落在火兒胸膛上。

火兒傷勢未癒，身上的創口又再爆裂開來。

「輪到我了！」

砰——

火兒不作回氣還以一拳，可惜並沒爲AV造成任何傷害。

AV心道：「他的拳力比昨天弱了很多。」

接下來，又到AV了。

火兒額角滴下了汗，心想：「……今次慘了！」

豈料AV忽然說：「我不喜歡佔人便宜，我比你高大，你轟我三拳，我轟你一拳。」

火兒：「那我就不客氣了。」

砰——

火兒轟出的第二拳，依然沒有爲AV造成任何傷害。

「他媽的！這大塊頭是鐵鑄的嗎？好，你昨天打我的臉，今日我就還以顏色！」第三拳，火兒決定揍AV的臉。

砰——

這一拳力量不大，同樣不能爲AV帶來多大的傷害，但火兒卻感到萬分震撼。

昨天AV的一拳打崩了火兒的門牙，如今火兒這一拳竟打掉了AV的面具。

面具背後，隱藏了一個驚人的祕密。

AV發了瘋似的，一手遮掩著臉，另一隻手則在地面搜索，大吼：「面具！我的面具呢？」

在昏暗燈光下，火兒隱約看見AV的右邊臉頰有數道疤痕。交錯的疤痕，組成了一個極其侮辱的漢字——

狗！

火兒愕然：「啊？」

「不要看！」AV以手掩面，失常似的在地上亂摸一通：「我的面具在哪裡？在哪裡啊？」

AV的面具原來掉落在火兒腳下。

火兒拾起遞上：「AV，你的面具。」

AV一手取回面具，無心再戰，黯然地沒入暗巷盡頭。

火兒看著AV漸遠的背影，感覺到他巨大的身軀裡面，其實藏著一顆受創了的心。

那一天後，AV再沒有來冰室買叉蛋飯。

平日AV每天都風雨不改，而且準時得很，所以連續兩天也不見他光顧之後，阿柒和Peter哥就已經開始覺得很奇怪。

只有火兒清楚個中原因。

一個普通人的臉上絕不會刻字然後長期佩戴面具，他猜AV背後定必埋藏了一段難堪的過去，才令他把自己隱蔽在黑暗之中。

火兒想了又想，然後開口向阿柒提出了一個請求。

「老闆。」

阿柒燃點香菸：「Yes, well! What's the matter?」

「我想外送叉蛋飯。」

阿柒瞇著眼睛：「你該知道冰室的叉蛋飯從不外送。」

「我知道，不過我希望你能破例一次。」

阿柒吸了口菸，問：「你送給誰？」

「AV。」

阿柒呼出煙圈：「AV是我們的熟客，絕不能失去他，就破例一次吧。」

「多謝老闆。」火兒走出冰室，喜道：「我送外賣去啦。」

阿柒仍叼著菸，望著火兒背影：「熱心的小子，從來也沒有人敢主動接近AV，希望火兒能和這可憐的人成爲朋友吧。」

火兒根據老闆提供的地址，找上AV的天台屋。

天台屋由鐵皮蓋建而成，屋子長年累月日曬雨淋，已被鏽蝕至變成啡黃色。

單看外圍，火兒已可想像裡面環境是何等惡劣。

咯、咯。

火兒吸一口氣，敲響破舊木門。

屋內傳來AV的聲音：「誰？」

「我是火兒。」

AV斬釘截鐵：「走！」

「你不用緊張，我是來給你送外賣的。」火兒彎身放下飯盒：「我把叉蛋飯放在門外，等我走了你才出來取吧。」

AV雖然沒有開門，但火兒卻沒有失望，他明白要打動一個人，不是一朝一夕的事。時間是很重要的。

所以第二天火兒照常把叉蛋飯送到AV門外。

門外地上，放下了十八元正。

叉蛋飯飯錢。

第三天，AV門外除了飯錢，還有一瓶跌打酒。

火兒拿起跌打酒，覺得這個人並非如外表般冷酷無情。

第四天，火兒發現天台屋木門虛掩，沒有上鎖。

「火兒，進來吧。」

「嗯！」

火兒進入屋內，簡直不敢相信自己所看到的一切。

AV的家約有二百多呎，四堵牆壁都擺滿了色情錄影帶，少說也有千盒以上，火兒看得目瞪口呆。

火兒心想：「嘩，好多愛情動作片啊！」

戴著面具的AV說：「請坐。」

火兒隨便坐在一張木摺椅上。

「你的傷勢怎樣？」

「已經沒大礙了。」

「多謝你的叉蛋飯。你讓我知道黑幫也有好人。」

「小意思，別客氣。」火兒頓了頓，有點不好意思卻還是問了：「你臉上的傷痕，跟黑道有關？」火兒記得藍男說過，AV很討厭黑幫，他直覺兩者必有關係。

「沒錯。」AV雖然生人勿近，但他也有寂寞時候，也想找人傾訴。不過眞正的朋友千金難求，最重要的是根本無人願意接近自己。

AV覺得火兒是個可以信任的朋友。

於是，AV便把那不堪回首的往事再度揭開。

「我本來是一名在中環上班的保險從業員兼業餘拳擊手，因爲外型關係，一次無意間給模特兒公司的星探看上，找我當兼職模特兒。

「由於我擁有不俗的條件，所以很快便在業界走紅，除了行天橋Show（注）之外，涉獵的工作還包括：電視廣告、雜誌Print ad、MTV男主角等。甚至連電影公司也有意簽我爲全職演員，我認爲這是一個十分難得的發展機會，於是答應了他們。

「簽約後當晚公司還爲我舉行船河派對，他們還邀請我的女朋友小優一同出席。我以爲從此可以進軍電影界，哪知原來只是噩夢的開始。

「當晚電影公司那一群人在船上弄醉了幾個少女，拍下不道德的錄影帶，我想做出阻止，他們便合力把我制住，其中有一個是電影公司的幕後老闆，他竟在我面前強暴了我的女朋友！

「激動的我掙開眾人枷鎖，揍了那幕後老闆一拳。豈料他原來力大如牛，反將我按倒地上把我轟至昏死。

「他的手下隨即以壘球棒把我雙腿骨骼砸碎，還用燒紅了的利刀在我臉上刻上這個字，再將我棄置大海。

「自那一天後，我再沒見過小優。後來我知道他們把她給賣了到日本，逼她拍地下色情電影錄影帶！

「這幾年，我一直看錄影帶，希望能知道她的下落，可惜還是沒有結果。而我雖然死裡逃生，臉上的傷口卻因爲受到海水侵蝕至潰爛，造成了永不磨滅的烙印。」

從AV口中聽到如此慘痛的經歷，火兒非常憤怒，勒緊雙拳：「你知道那個幕後老闆

注：模特兒在服裝表演時走臺步。也作「走貓步」。

是誰嗎？」

AV的瞳孔充滿著仇恨：「他叫——雷公子！」

「澳門街的雷公子？」

「對。」AV無奈地說：「他不但是澳門最具勢力的黑幫巨頭，也是多間賭場的賭廳廳主，權傾黑白二道。我試過闖上他的集團，最後卻被司警（注）拘捕且痛毆了一頓，還恐嚇我若再接近雷公子，將有一百種方法令我入獄。」

火兒雖同情AV的際遇，但對方是澳門現時極具勢力的人物，火兒實力再強、膽子再大，也不敢過江挑戰雷公子。

何況，自己還在逃亡之中，自身難保。

火兒爲自己的無能爲力深感無奈，甚至羞愧。

AV拍了拍火兒肩膊：「我知你想幫我，你有這份心意已經很足夠了。」

一股暖流從火兒的肩膊傳入心窩。

「聽說你也是逃亡而來到城寨，你開罪了誰？」

禮尚往來，火兒也把他和大老闆的恩怨告訴了AV。

AV也相當同情火兒的悲慘遭遇。

火兒和AV，兩個活在不同世界的人，同樣在一夜之間家破人亡，一無所有。他們曾經敵對、曾經以命相搏，到了今天卻又互相了解對方，可謂不打不相識。

若非淪落天涯，二人又怎會避走城寨，在俗世洪流中開展這段真摯的友情？

所以說：人生，有失也有得。

二人此刻還未知道，兩年之後，他倆便會攜手與雷公子作正面交鋒，上演一場震撼港澳的黑幫大火拚！

注：一九六〇年澳葡政府設立司法警察署，一九七一年升格為廳級部門（司法警察廳），一九七五年升格為司級部門（司法警察司）。一九九九年十二月二十日澳門回歸中國後，司法警察司更名為司法警察局（Directorate of Judiciary Police），是中華人民共和國澳門特別行政區政府保安司轄下的刑事警察部門，負責刑事偵查以及打擊犯罪行為。

2.11 哥哥

同樣的戲碼，每天黃昏，都會在阿柒冰室外上演一次。

先是人潮如鯽，繼而總會有人不耐煩而生起口角。

人多口雜，對白毫無新意——

「我一小時前已經在此等候，快給我叉蛋飯吧！」

「明明就是我先到的！」

「先讓給我啦，我趕時間呀！」

「趕時間就吃快餐，不要在這裡礙手礙腳！」

「我 XYZ 你 $%^&*！」

「罵我娘親？我都 ABC($%^& 你外婆！」

叉蛋飯出爐時段，冰室內外都擠滿不守秩序的街坊，粗口橫飛，好不嘈雜熱鬧。

火兒幾經辛苦才能推開人群，回到冰室裡面。

「喂！你去了哪裡？送外賣送了大半天！」Peter 哥喝罵火兒：「Shit！明知道冰室這段時間好生意就快點回來啦！」

火兒囁嚅：「我……迷了路啊……」

Peter哥瞪眼：「迷路？」

倏地，外面的喧譁聲靜了下來。

街坊們同時說出一個親切的稱謂。

「哥哥！」

一個叫哥哥的人來了。

哥哥出現，全場的人都對他肅然起敬。

他是城寨街坊的大眾哥哥，也是一個德高望重的人物。

這個溫文儒雅的男人，劍眉星目，五官精細得像名雕刻家的藝術品一樣，得天獨厚，俊俏非凡。

若非他兩鬢飛霜，別人絕不會猜到他原來已年過半百。

他排眾而入，走到冰室裡面，個個見到他都自動讓座。

哥哥選了其中一張凳子坐下。

Peter哥的嘴臉一百八十度轉變，禮貌周到：「不知哥哥今天想吃什麼呢？」火兒還是第一次見到態度一向欠佳的Peter哥如此彬彬有禮。

哥哥微微點頭：「叉蛋飯，麻煩你。」

Peter哥：「怎會麻煩呢！叉蛋飯馬上送到。」

必恭必敬到這樣出面，火兒著實好奇。他目不轉睛地看著哥哥，心忖：「什麼來頭啊？」

哥哥這時也友善地打量著火兒：「小兄弟，坐下來陪陪我可以嗎？」

「現在是我的工作時間，不太好……」

火兒話未說完，Peter哥已一手按在他的肩膀上，把他壓在凳上：「哥哥叫你坐，你就坐下吧。」另一隻手把叉蛋飯送到哥哥面前：「哥哥，請慢用。」

哥哥微笑：「謝謝你。」

火兒直視哥哥，感覺是那麼的親切、那麼的友善。他的笑容很令人溫暖，更有一種不凡的貴族氣息。

「你叫火兒吧？」哥哥的聲線帶點磁性。

「對。」火兒老實回答。

哥哥吃了一口飯，然後又問：「就是你這小伙子單挑大老闆？」

「沒錯！」火兒反問：「你也認識大老闆？」

哥哥徐徐地說：「大老闆是當今最厲害的黑道帝王，我怎會不識他呢。」

「黑道帝王？我呸！」火兒不屑：「大老闆無疑是厲害，但也非無敵，起碼我知道他不敢闖入城寨、不敢挑戰龍捲風。」

「看來你對他的怨恨很深。」

火兒壓緊眉頭：「我跟他仇恨似海，早晚會找他算帳！」

哥哥淡然一笑：「你可有跟他匹敵的實力？」

「現在沒有，不過總有一天會有的！」

「有志氣。」哥哥饒有深意：「可惜沒有實力。」

火兒心道：「你這油頭粉面的書生懂得什麼？跟你多說也是無謂！」火兒雖然不同意也有點不滿哥哥的斷言，但他一向沉得住氣，故沒有爭論下去。

哥哥把最後一粒飯送入口中，然後以手帕抹嘴：「我吃飽了，下次再跟你談。」說罷就走出舖子。

「朋友！」火兒叫住哥哥：「你雖然長得帥，但吃飯還是要付帳的。」

哥哥轉過頭來：「這一餐你請我可以嗎？」

火兒一愕：「何解？」

「因爲你欠我的。」

火兒更愕然：「我何時欠你？」

Peter哥忽然搭訕：「火兒，不要爭論了，哥哥要你請，你就請啦。」

火兒雖然滿肚疑問，但既然Peter哥也這樣說，這一餐只好算入自己的帳便是。

「好，這碗叉蛋飯，我請你。」

哥哥迷人一笑：「謝謝。」

哥哥走了之後，Peter哥忽又向火兒說：「小子，你走運了。」

「走什麼運？哥哥又是什麼來頭？」

「你一入城就破壞了他立下的法則，本來很難在城寨立足的，但他竟然原諒你，還不算走運？」

火兒大駭：「你是說，他是龍捲風？」

「沒錯。」

但使龍城飛將在，不教胡馬度陰山。哥哥就是一直教大老闆不敢進城的龍捲風。知道哥哥就是龍捲風，火兒立即追了出去。

「喂，你又去哪裡？」

火兒箭步奔出：「我很快回來！」

哥哥的步伐很慢，火兒不一會就趕上。

火兒望著他不遠的背影：「龍……捲風……！」

哥哥停步，回頭：「城寨裡沒有人叫我龍捲風，你可以叫我哥哥。」

「哥哥，我在城寨的一堵牆上發現很不尋常的坑痕，是出自你手嗎？」

「對。」

「是由拳頭上的指骨刮削出來的？」

「你的眼光不錯。」

「血肉之軀怎可削走堅石？你到底是如何做到的？」

「我大可以告訴你。但如果不是你親自獲得答案的話，你便不能超越我，也超越不了大老闆。」

「超越不了大老闆」這句話戳中了火兒死穴，所以他也就眞的不再追問，反而立下決心，要用自己的方法找尋答案。

「不過，你還是先治理好傷勢再說。」

火兒又是一奇，心想：「他竟知我有傷在身。」

「回去給阿柒看看你的傷勢。」哥哥似看透火兒心思：「他會幫到你的。」

冰室後居。

阿柒一見火兒傷口，立即眉頭大皺。

「你被誰所傷？」

「大老闆身邊一個人物，他叫王九。」

「王九？」阿柒少有地緊張：「他怎樣傷你？」

「說出來可能你不會相信，他是用手指戳傷我的。」

「我怎會不相信。世上的確有種武學，可以把指頭鍛鍊得像劍般鋒利！」

「什麼武學？」

「大力金剛指。」阿柒道：「他是現世上，唯一一個能臻至一指禪境界的人。」

火兒駭然：「大力金剛指是少林寺的武學，王九是和尚？」

「以前是，現在他是個加入了黑社會的壞人。」

原來王九有著這驚人的身分，難怪當日他能夠以指勁戳穿火兒身軀，又能以鋼珠重創吉祥。

阿柒搖搖頭，嘆道：「唉，一把年紀才加入黑社會，說出來我這個師兄也眞有點兒尷尬啊。」

又一奇聞，火兒心想：「老闆也是少林寺和尚！」

阿柒：「很驚奇嗎？」

火兒暗暗一驚：「連我心中的話也能聽到？」

「不是聽到，是看到。」阿柒用尾指挖耳孔：「你心裡面的話已浮現在你驚訝的表情上了。」

火兒心中讚嘆：「厲害。」

「過獎。」阿柒吹走指頭上的耳垢：「給我轉身。」

「知道。」

阿柒雙掌印向火兒背門喝了一聲，火兒便感到一股熱流傳入體內，叫他舒泰萬分。

火兒知道，那是內力。

十分鐘後，火兒已感呼吸暢順不少，傷口痛楚頓減。

阿柒收勁，說：「我已治好你的內傷。」

「多謝老闆！」

阿柒點了根菸：「你要多謝我，每日多送幾趟外賣就好。」

「老闆，你可否教我武功？」

「你早知我的底蘊？」阿柒呼出一口煙：「你是有意圖來找我的？」

「……是。」火兒老實，乾脆承認。

阿柒抓抓頭皮：「你怎會知道我懂武功？」

「五年前，江湖發生了一場大風暴，五大幫會在西環碼頭互相廝殺，當時我還未加入『暴力團』，只是一個小幫會中的小嘍囉，糊裡糊塗跟隨老大走上戰場。

「五大幫會中，以『暴力團』的實力最爲強大，所以其餘四幫早已計畫先合力除掉『暴力團』。豈知『暴力團』領軍的人實力超出眾人想像，既霸且狂，以一人之力抵擋四幫人馬。他如狼入羊群，見人就殺，出手快如閃電，無人能擋，我遠遠看見已被他的瘋狂嚇至雙腿發軟。

「他一直的殺，一直的殺，終於殺到我的面前。就在我以爲死定了之際，突然來了個手執豬肉刀的人，架開了狂人對我下的殺招，繼而與他展開一戰。

「他們交戰數十招，豬肉刀客愈戰愈勇、蹈刃不還，竟與狂人戰個不分高低。來到差不多第五十招，終於來到決勝負的時刻，豬肉刀客力聚於刀，狂人也祭起劍指，二人再度交鋒，拚出耀眼強光，刺得我不能睜眼。

「強光散去之後，二人也消失於戰場。我相信他們都被對方重創，所以未分勝負就此離去。消息很快傳遍江湖，人們都在議論豬肉刀客究竟是來自哪一幫的人物，不過自那天後他便銷聲匿跡於道上，所以轉眼便給人忘記。

「後來我轉會到『暴力團』跟隨了大老闆，但一直也不見他身邊有這一個狂人。直至早前我和大老闆反目，與一個名叫王九的人交手，才認出是他。」

聽罷火兒述說往事，阿柒顯得十分震驚。

阿柒在心裡思忖：「火兒說得繪形繪聲，節奏掌握得非常之好，將我的思緒再次引領到當日的戰場，猶如令我回到現場之中。這種說故事的功夫極具感染力，眞是妙到巔毫，若然用作冰室的宣傳推廣上，定會令生意額大大激增！到時候我就會賺到更多的錢，足夠我買一台最流行的卡拉ＯＫ了，哈哈哈哈哈。」

令阿柒動容的原因，竟不是王九的下落，而是因爲火兒的傳神演繹。正被賞識的火兒看見阿柒似在偷笑的表情，卻不明個中玄妙，難免大惑不解。

「老闆，你沒事吧？」

「沒事！」阿柒回過神來：「你雖然知我懂武功，但我一直隱居城寨，爲人又低調，你怎知道我在這裡？」

「你當日受了重傷，如果不去求醫肯定難逃一死。」火兒娓娓道出他的分析：「當時我查遍所有黑市醫館都沒有你的下落。」

阿柒眼角瞄向火兒：「那你從何得知我在城寨？」

「是個偶然的巧合。」火兒微笑：「我明天告訴你。」

懂得賣關子，果然是個說故事的高手。阿柒如是想。

第二天，阿柒從房間走出舖子，看見桌子上有一張兩年前、現已發黃了的剪報。

阿柒拿起剪報，微感一愣。

報章圖文並茂大字標題寫著：阿柒冰室叉蛋飯譽滿九龍城寨！

圖片中有個交叉著手的人，左手翹起大拇指，右手拿起豬肉刀，神態倨傲、滿臉自信，不是阿柒還會是誰？

火兒就是在兩年前巧合地看到這份報章，才得知阿柒身在城寨。

說什麼隱居城寨、爲人低調，其實愛出風頭的他早已行蹤曝光。阿柒自己也不禁覺得可笑。

「這份報章我自己也沒有留著。」阿柒自誇道：「真上鏡！帥！」

—賭館帳房—

「在做什麼？」

信信的聲音忽然在背後響起，我嚇了一跳。

「……沒什麼……」

他一手搶起我慌忙闔上的雜誌。

慘！

「哈，妳居然在玩心理測驗！？

『妳愛上他了嗎？』藍男，妳有古怪，看上誰呀？」

「……」

死開啦，我不想回應你！

此時我只想到測驗的結果：

得分：九十

恭喜妳，妳墜入愛河了。

第三章

Chapter Three

3.1 青春燃燒

接下來的日子，是平靜的颱風眼。待在臥虎藏龍之地，火兒過了一段自步入江湖後不曾有過的安穩生活。不過阿柒一直沒有傳授他任何武功，只讓他專心做好送外賣這份有意義的工作。

火兒知道不能強迫阿柒教他，只有一直在等……

一等，便是十個月。

十個月，剛好是足夠孕育一個小生命的時間。而這段期間，火兒與信一這哥兒倆的熟絡程度，也差不多去到瓜熟蒂落的地步。

人與人之間的關係很玄妙，情人如是，朋友如是。有些人，你認識了好幾十年，也不會跟他說一句心底話；可有些人，卻是一見如故，打個照面就接通了頻道，認識了一兩天便可將心事盡訴。

二人大概是後者吧。

譬如說，鐵漢柔情，他們也有衷情互訴時。

某個下著毛毛雨的晚上。

凌晨時分，火兒獨自吃完宵夜，歸家途中看見信一坐在古廟旁的避雨亭一個人喝著悶酒。

腳下已經有幾個捏扁了的空啤酒罐，還有好幾打未開的。

上前細看，只見信一神情頹然、愁腸百結，而且大有醉意，與平日總是大而化之、樂天派的他判若兩人。

於是火兒坐到一副生意失敗或痴心漢失戀模樣的信一的身旁，不問一句陪他喝起來。一罐又一罐，兩人也沒交談。最後還是信一忍不住開口：「怎麼你不問我發生了什麼事？」

信一在幫會內位高權重，平日絕不能在門生面前表露自己軟弱的一面。而跟他平輩的同道兄弟，大都是酒肉朋友，眞眞正正能訴說心事的，其實一個也沒有。

「你如果想說，自會跟我說。不想說的話，就當我來陪你喝酒。」反正有點口渴。

「我失戀。」知道啦！明顯不過。信一垂首，苦笑：「她跟我一起已經八年，昨天說走就走。」哦——火兒失笑，心忖：才不是說走就走吧！

阿嫂一直埋怨受不了你的吊兒郎當，威脅要走很多次啦，不要裝無知吧！

只是火兒沒笑出聲，也沒說安慰話。水點打在信一臉上，那分不清是雨還是淚的蠢相，實在太難得了。

又譬如，江湖兄弟，義氣就是友情的重要構成部分。

失戀事件不久之後某天，火兒送外賣時經過賭館門前，看見十多名手持利器及汽油的人闖入。

那幫人是信一的仇家，那日趁他不在欲把賭館燒毀。他們有備而來，很快就把賭館保安人員制伏。準備縱火之際，火兒衝了過去，以一條鐵水管爲武器，與那幫人進行了一場困獸鬥。最後火兒成功將他們趕走，不過自己卻身受嚴重刀傷。

那一晚，火兒在城寨的醫館進行急救手術。身中十數刀的他，共縫了幾十針。手術後便沉沉睡了。

到第二天火兒醒來，身旁的床位多了一個同樣重傷的人。

原來信一回到賭館後得知此事，便怒火中燒親自去找那幫人算帳。雖然弄得滿身是傷，但信一卻爲火兒帶來了一份禮物。

「你醒來啦，看看我帶了什麼東西給你！」說著隨手把身旁的手提冰箱打開，火兒往裡面一看，映入他眼簾的是一隻隻好像凍肉的斷掌！

火兒皺眉道：「一早起來就讓我看如此噁心的東西，你眞夠朋友。」

信一豪氣地說：「他們敢傷我兄弟，我便把他們的手掌全斬下來！」

「哇，你很殘忍啊。」眞的嗎？也不盡然。火兒知道信一把手掌雪藏，無非是留了它們被接駁回去的機會。

「幸好他們沒打傷你的臉，否則你還怎能在我的舞男夜店上班。」

「哈哈哈哈哈哈哈哈哈。別惹我發笑……我的傷口很痛啊！嚐嚐……」

火兒豁達大度、生性豪情，遇到投緣的人都會視之爲朋友。儘管在逃亡前，他曾被所謂的朋友出賣過，但火兒並沒因此而「學乖」。他依然是那個熱血丹心的火兒，爲了朋友，他可以不問回報相助對方。

這樣的性格，最終會害死他？還是會救了他？哪一個跟他的交往是出自眞心？哪一個又是爲了得到利益？火兒不知，也不想計算。

別人的虛假僞善，他管不了；他認爲，只要自己對得起別人就已足夠了。這樣的男人，你可以說他笨，但喜歡他的人，會懂得他的好。甚或，愛上他。

十個月，說長不長，說短不短，卻也絕對足夠時間讓一對有緣男女由相識到打得火熱到愛得死去活來到開花結果甚或分手。

然而，在火兒與藍男的愛情育成故事裡，十個月過去，卻仍然停留在Early stage（早期）。讓我們看看當中究竟什麼地方出了問題。

問題一：他們是兩情相悅的嗎？

由火兒入城第一眼看見藍男所引發的種種失常舉措，他對藍男無可置疑是天雷勾動地火的一見鍾情。隱憂是，火兒心底裡似乎有一個抹不去、暗戀經年的女孩。

至於藍男，這搞怪女生一向對感情事表現得神經大條的，而且男子氣的她，從沒表示過想要戀愛什麼的（資料由她堂兄提供）。

問題二：他們有單獨約會過嗎？

查證這期間，火兒除了送外賣、看書、偶爾打架住院（爲了信一），以及扣除睡眠的時間之後，每有空閒就會跟藍男一起。不過由於火兒的活動範圍離不開城寨，所以他們並沒試過到一般情侶約會必到的戲院或高級餐廳。流連得最多的，是信一賭館，與鞦韆公園。而小白總在藍男身旁，那，算不算是單獨約會？

問題三：他們相處時，情意綿綿嗎？

目擊證人甲說，曾看見藍男一不高興，粉拳就打落在火兒身上，或起腳踩在火兒趾上。不過，火兒明明可以躲開，卻不閃不避，甘之如飴。

目擊證人乙補充，毒舌女藍男面對火兒一貫嘴舌不饒人，偶爾粗粗魯魯地呼喝火兒。不過，火兒總是笑咪咪不生氣，教藍男開始懂得不好意思。

暫時，並無目擊證人看過他們曾經牽手、擁抱、親吻。

問題四：既然我們可以肯定，火兒是喜歡藍男的，爲何他不表白？

其實，早在藍男第一次相約火兒晚膳那天，火兒就想表白了。奈何，當他跟她來到那間食肆，望著面前的食物時，他就什麼心情也沒有了。

因爲，這是一間火鍋店。

桌上是一鍋火鍋。

這令他回憶起當日大老闆吃人肉火鍋的樣子。他甚至想像起母親被殺害的慘痛情況。

火兒提醒自己，逃亡到城寨，是爲了修行，而不是來泡妞的。

火兒立下決心不說。

藍男也就賭氣不問。

二人的關係，也就一直維持在這種既非情侶也非普通朋友的曖昧狀態。

直至，幾天前，火兒平白無事，做了一個夢。

夢中，母親這樣對他說：「阿兒，你已在城寨待了十個月，學藝不成，連妞兒也泡不到，眞是沒用啊！」

「媽，我是因爲妳才不去表白，妳不該這樣說我吧！」

「你自己沒用就不要以我作藉口，我已死了，難道會想你獨自一人，無人照顧嗎？就算學不成武功，交到一個女朋友也不錯啊，總比什麼收穫都沒有的好。」

「眞的？」

「做母親的，當然想自己的子女能開心地過活。阿兒，我趕著去投胎了，不用掛念我，好好保重啊！」

「媽！」火兒醒來，才知是南柯一夢。不過夢境又非常眞實，疑似是母親報夢顯靈。

火兒大概不知，那其實或許是日有所思、夜有所夢——他今天看到藍男跟一個剛搬進城裡的大學畢業生談笑風生似的。他裝作毫不介意，潛意識卻原來耿耿於懷。

「哼！讀大學還搬來，肯定另有企圖！」

怎樣也好，總之就憑這一個夢，一下子就解開了火兒的長久心結，令他又再萌起表白的心志。

是夜，月圓中秋。

火兒準備了一封信，打算在今夜交到藍男手上。

他向阿柒請了半天假，下班後回到家中，先洗了澡，再刮乾淨鬍子，然後換上新衣，塗上髮臘。

火兒本就是一個帥哥，五官輪廓分明，雖然歷盡艱辛的他，比昔日滄桑不少，不過經過一番刻意裝扮後，更見男人魅力。

火兒看著鏡中的自己，亦露出滿意的笑容，情不自禁地說：「眞帥！」

正想出門，雯雯剛好與手執燈籠的星仔回來。

「火兒，你今天很帥啊！」雯雯：「一定是約了女孩子。」

火兒居然臉紅：「阿嫂，不要取笑我啦。」

雯雯捉狹：「那今晚過節的菜，看來不用算你的份吧。」

火兒搔搔頭皮：「不用啦，你們一家三口吃得開心點。我要出去了。」

星仔扯住火兒的褲管：「火兒哥哥不要走。」

雯雯笑道：「星仔，火兒哥哥今晚要去追女仔，不跟我們吃飯啦。」

星仔放開手，醒目地說：「火兒哥哥你要加油，祝你馬到功成！」

「哈哈哈哈哈哈哈哈哈。」火兒傻笑。可幸帥哥即使傻笑，還是帥哥。

火兒選擇今夜表白，結果會如星仔所說，馬到功成，然後人月兩團圓？還是會出現其他意想不到的變數？

月上柳梢頭，人約黃昏後。火兒約定藍男在信一的賭館入口等待。

雖已不是第一次跟藍男約會，但是這一次，他卻特別緊張。

他的心意沒變過，但他和藍男的關係，今夜之後，卻可能會生起變化。

愈是接近賭館，火兒的心便愈是跳得更快。

心情竟比當日單槍匹馬獨戰大老闆時更緊張。

這就是戀愛。

這就是青春。

差不多到了，遠遠就看見藍男站在賭館的身影。他有點呆住。眼前的伊人，脫下了平日慣常的搖滾服飾，身上一口窩釘也沒有。取而代之的，是雪白的襯衣和長長的裙子，嘴唇還塗上淡淡的口紅。以及，不知有沒有看錯的，看來還有點靦腆的表情。

呆呆的火兒來到疑似害羞的藍男面前：「妳到了。」很爛的開場白。

「很明顯吧！還用你說嗎？」

腳邊小白仰首吠火兒：「汪汪！」

「怎麼你每次都要吠我的？」

小白吠得更響：「汪汪！」

藍男叉起腰，兜圈子笑罵：「因爲你是非洲和尚！」

火兒不解：「非洲和尚？」

「乞人憎（黑人僧）啊！」藍男大笑著：「不，現在連狗也討厭你，應該是乞狗人憎才對！哈哈哈！」

雖然換上清新形象，但藍男依然故我。

同一晚上，「架勢堂」龍頭Tiger叔在廟街某間酒家筵開十數席，慰勞一班勞苦功高的中高層成員。

開席前，Tiger叔拿起麥克風，在大廳台上發表致辭。

「各位手足兄弟，多謝賞臉來臨今晚的中秋晚宴。」Tiger叔和顏悅色：「一年容易又中秋，回看這幾年，我們幫會的生意也眞不錯，不少正當事業已經上了軌道。眞是值得高興！不過最令我感到安慰的，你們知不知是什麼？」

台下一眾大呼：「Tiger叔，是什麼啊？」

「不就是你們囉！」Tiger 叔笑哈哈：「上個月，反黑組的劉警司約我見面，讚揚我管教有道，領導有方。因爲由我管治下的『架勢堂』，絕少跟其他幫會發生衝突。我們出來混，求財不求氣，大家賺到錢，自然和氣生財，愈賺愈多！刀光劍影的日子已經過時了，還是銀紙最實際，你們認爲 Tiger 叔說得有沒有道理？」

台上振振有詞，台下歡呼一片。

「說得對極了！」

「簡直至理名言啊！」

「Tiger 叔是我們偶像，比董驃更値得尊敬啊！」

門生誇張式的回應，令 Tiger 叔笑逐顏開。

吉祥跟身旁正在打瞌睡的十二少說：「阿大，Tiger 叔在台上演講，你就在這裡『閉目養神』，會否覺得對他有少許不敬呢？」

「Tiger 叔這番話我已聽了九千多次，睡著也可以背給你聽。」十二少打呵欠：「兩晚沒睡，我要爭取時間補眠。」

「阿大，我知你很睏，不過看來你也沒空睡了，因爲 Tiger 叔正向你走過來啊。」

Tiger 叔臉帶笑意，坐在十二少身旁：「十二仔，沒見你一段日子，更帥氣了！」

「Tiger 叔，你也很精神。」十二少張開惺忪的雙眼。

「是啊！『公司』運作順暢，我落得清閒，有時間便栽花釣魚寫書法，生活寫意。」

Tiger叔笑道。

「你老人家開心就好。」

「這幾年你幫『公司』賺了不少錢，你十二少的名頭威震江湖，我有你這個門生，掙足面子。哈哈……」Tiger叔喜不自勝：「我今年已五十有七，差不多要退休了，再過兩三年，『架勢堂』便要靠你了。」

「Tiger叔老而彌堅，做到八十歲也可以啦。」

「一個人到了某個年紀，膽量就會變小，決策也會變得謹慎，欠缺年青時的衝勁。」Tiger叔拍拍十二少的肩膀：「一代新人勝舊人，『架勢堂』在我手上的發展已到盡頭，要防止『公司』老化，便一定要有新人事、新作風。所以我早有了退位讓賢的打算。」

成大事者必先謀替手。懂得急流勇退，提攜後輩，Tiger叔絕對是個心胸開闊的人物。其器深廣，難測量也。

Tiger叔樂不可支，拿起桌上的XO，大呼：「各位兄弟，Tiger叔敬你們一杯，祝大家賺個盆滿砵滿，身家猛漲，毋須打仗！今晚不醉無歸！哈哈哈哈……」

「Tiger叔萬歲！不醉無歸！」

Tiger叔滿心歡愉，與一眾門生共進晚宴，舉杯暢飲之時，卻不知道，一場風暴正向「架勢堂」——迎面吹襲！

八月十五月正圓。

月光下，兩人一狗的影子被拉得好長好長。

吃過晚飯，火兒和藍男在城寨裡信步漫遊。沿途多間店子都掛上色彩斑斕的綵燈，擦身而過的一個個小孩子手中也拿著不同款式的廉價燈籠，和著歡樂的笑聲興奮地在橫街窄巷穿梭，節日氣氛非常濃厚，好不熱鬧。

城寨地方雖大，但住在這裡的老街坊也不少，認識藍男的人很多，看見她穿上長裙帶著小白跟火兒在「拍拖」，都不禁露出會心微笑。而多得藍男的人脈關係，火兒早就被街坊接受了。

兩人雖然相隔十厘米，可是身後的影子，卻似情人依偎在一起。

說著笑著，他們又走到了當日追逐過後，第一次促膝傾談的公園。他們坐在鞦韆上觀賞月色，享受秋夜晚風，良久沒有說話。

火兒瞅望藍男，覺得她真是漂亮極了。

漂亮得世上任何人物也給比了下去。

她不常笑，可是每次看見她笑，他都覺得心胸暖暖的，全身四肢舒泰得很。他喜歡她的笑由嘴角蔓延到眼睛，笑彎了唇，也笑彎了眼。

他覺得，爲了她的笑容，即使要他衝鋒陷陣，赴湯蹈火，也在所不辭。

她是個很強的女生。比他看過的女孩子都強，別人甚至會覺得她有點刁鑽得難以伺候。

可是，他就是知道，她也有脆弱怯懦的時候。他見過，他眞的見過。他願意甚至渴望在這些時候都在場，好能保護她。不讓她哭，只讓她笑。

這些，都是喜歡了一個人的證據。

火兒停下鞦韆，著地站起，回身凝望藍男。

表白的時刻來了。

二人四目交投。

藍男在等待火兒開口。

火兒把手插進口袋，準備拿出信來。

就在愛的煙花快要爆開璀璨一刻之際，火兒的身後傳來了一聲呼喚。

「火兒哥！」少女嬌滴滴的聲音。

熟悉的女聲，叫火兒心頭一動。

3.2 變天

藍男的視點，穿越火兒錯愕的臉，落在奔跑而至的少女之上。她清楚看見少女的樣子，輪廓精緻，肌膚白裡透紅，還有一雙水汪汪的大眼睛。

簡單來說，快速目測打量的判斷結果，就是眼前少女是個比自己漂亮甜美得多的可人兒。

火兒轉過身，與少女目光相接，喜道：「喵喵！」

喵喵，就是大老闆的女兒。

「妳怎會到這裡來的？」

「還不是為了你。」喵喵羞澀的回答，讓藍男聽得滿不是味兒，臉露嗔態。

喵喵眞像隻小貓，可愛的吐吐舌頭又側側頭：「我知你來了城寨，千辛萬苦才找到機會前來找你。」

火兒倏地背門一寒，不用回頭，他也知道藍男收起了笑臉。

「我……介紹一個人給妳認識。」火兒望向藍男，有點囁嚅：「她……叫藍男。」

藍男對喵喵強裝一笑。

糟了！是皮笑肉不笑那種官方笑容。甚至，那根本算不上是笑容，只是嘴角扯動了一下而已。

喵喵友善地向藍男伸出手：「我叫喵喵，藍男姐妳好。」

「藍男姐？」藍男勉爲其難和這隻柔若無骨的纖纖玉手握了一下，心想：「臭丫頭，妳在揶揄我比妳老嗎？」

忽然，喵喵瞪大雙眼，天眞爛漫地望著小白呼叫：「這頭狗很『卡娃伊』啊，牠叫什麼名字？」

藍男沒好氣，抿起嘴。

火兒打圓場：「牠叫小白啊。是藍男養了很多年的小狗。」

「會咬人嗎？」

「不會咬人的，妳可以摸摸看。」

藍男白了火兒一眼，心裡嚷：「臭火兒，小白是你的還是我的啊？」

喵喵戰戰兢兢以指尖輕碰小白的頭頂，然後笑得燦爛如花：「牠眞的沒咬我。」

好刺眼啊！藍男向小白打了個眼色，意思是：「咬她！」

可是小白懶得理主人，只在喵喵的手背上舔了一下，換來美少女暢懷大笑：「哈哈，牠弄得我很癢呢！哈哈哈哈。」說罷溫柔地撫挲著小白，讓牠不禁瞇起眼睛，像是很享受似的。

藍男怒視著小白，用眼神傳達恐嚇：「衰狗！吃裡扒外，早晚煮了你來吃！」可是小白索性反起身來，任由喵喵搔牠肚皮，背部還在磨蹭地面。

說穿了，因爲小白實在喜歡美女。

公狗天性嘛。

喵喵喜孜孜：「小白眞的很趣致啊！」

「小白，地面很髒的，快起來！」直到藍男喝罵，小白才不情不願地站起來。

喵喵忽然想起什麼，然後從背包取了個飯盒出來，遞給火兒：「火兒哥，給你的。」

火兒鼻頭一嗅：「好香。」

喵喵打開飯盒：「我帶了你最喜歡的東西來啊。」

火兒一看飯盒內的食物，立即如一個大孩子般叫了出來：「滷水雞翼！」也一時忘了藍男的不快，迫不及待就坐在公園的旋轉盤上吃起來。

火兒嚼著雞翼：「很美味啊，這是我最喜歡的味道，妳怎麼會做？」

喵喵坐到火兒身旁：「你忘記了嗎，有一次你說你媽媽弄了滷水雞翼，還請了我吃。我知你喜歡，所以我一直也記著這種味道。」

藍男亦坐了下來，拿了一隻咬了一口，心有不甘：「只不過是滷水雞翼，有什麼特別？」她當然並不知道，這道滷水雞翼是火兒媽媽最得意的住家小菜，對他來說，是多麼的重要。

火兒語帶感動：「多謝妳，我以爲再也吃不到這味道的滷水雞翼了。」

喵喵瞇眼一笑：「你喜歡的話，我可以常常做給你吃的啊。」

火兒沉默下來。

心想：「可以嗎？妳是大老闆的女兒，而我和他勢成水火，總有一天要了結恩仇。到那時候，我們的友情還可以繼續嗎？」自逃亡以後，火兒跟喵喵也有一段日子沒見了，再次重遇是很高興，因爲火兒一直很疼愛喵喵。只是，一念及她的身分……

喵喵看著變了臉的火兒，也收起了笑容，泛起淚光。天眞的少女有了哀愁，楚楚可憐。

藍男冷眼旁觀，心底嘟囔：「又想搞什麼花樣啊？」

喵喵忽然摟住火兒：「火兒哥，我對不起你。」

藍男瞪大雙眼：「！」

火兒愕然，捉住喵喵臂膀，把她拉離胸前，望著她認眞問道：「到底發生什麼事？妳慢慢跟我說。」

喵喵咬住下唇，垂著頭噙著淚道：「你知道嗎，我一直都暗戀著你。」

火兒一臉錯愕，配上藍男冷哼一聲。

「我知我跟你是沒可能的，因爲你對我一點感覺也沒有，只把我當成妹妹般看待……」喵喵繼續淚盈於睫，眞情告白：「我沒跟你告白，並不是怕被你拒絕，而是怕給爸爸知道……你也知道，爸爸對我有極強的佔有欲，大部分時間都將我鎖在家中，絕不允許我跟別的男生接觸。以前有位男同學試過向我表白，沒多久，他便人間蒸發了。自此，我再不敢與校內的男生太接近。」

從小自由自在慣了的藍男聽了，心腸就軟起來：「原來她是個可憐的孩子。」她雖不曾接觸大老闆，但對於他的處事手法也略知一二，今日親耳所聞只覺踢踏不安，對喵喵的處境立時有了憐憫之心。

嘴硬的藍男，其實比誰都要心軟。

「你對我雖沒情意，但我喜歡你的心情卻怎樣也改變不了。記得有次，我在果欄遇見你，剛巧爸爸不在，我就跟你拍了張合照……」喵喵帶雨梨花：「我一直也好好保存著這張合照，不過有一天那張照片突然不見了。之後就發生了百人斬事件。我想，一定是給爸爸搜到了照片，發現了我喜歡你的祕密。」

火兒一怔。

眞相終於大白，原來大老闆是爲了令女兒不能再接近火兒而加害於他。

無辜的是，火兒對喵喵根本沒有半點非分之想。大老闆只是爲了一張照片就將火兒抄家滅門，他的行事方法果眞令人髮指！

藍男對火兒和大老闆如何結怨不太關心，她只想到了另一樣更爲急切和重要的問題。

「喵喵，妳今日走出來，大老闆知道嗎？」

喵喵搖搖頭：「我偷偷溜出來的，他當然不知啦！」

天眞的回答，叫火兒和藍男呆在當場。

二人凝視對方，說不出半句話來，因爲他們都知道，一場浩劫已經降臨九龍城寨！

城寨外圍，掀起了雷動般的巨震。

震動，來自一群黑衣大漢的沉重步履。

超過一萬人馬把城寨團團圍住，堵截了每一條出路。他們個個手持兵刃，似乎即將要展開一場大戰。

黑壓壓的人海中有一個氣得臉紅耳赤、青筋滿面，提著巨大揚聲器的人物。他就是今次率兵圍城的總司令——「暴力團」龍頭老大大老闆！

大老闆舉起揚聲器大吼：「火兒，我限你十分鐘之內交出我女兒和你自己！時限一到，我便會大開殺戒！見人就殺，逐家逐戶殺清光！殺——殺——殺！」

3.3 相濡以沫

大老闆圍城一事，很快便傳到另一幫人的耳邊。

「架勢堂」中秋晚宴即將進入抽獎環節，吉祥的手提電話響起。

本來一臉笑容的吉祥，聽完電話後便板著臉，默不作聲。

「什麼事啊？」十二少呷了口魚翅。

「火兒哥，出了事……」吉祥耳語，把九龍城寨的情況告訴十二少。

好友正身陷絕境，十二少並沒立即拍案而起，舉兵出征營救。他垂下頭，繼續食翅，只是已一掃剛才還睡眼惺忪的模樣，似在盤算什麼。

平靜，令氣氛變得更加怪異。

Tiger 叔雖然聽不到吉祥說的話，但見慣世面的老江湖，卻可感到有大事發生，十二少的內心正捲起波濤。

「十二仔，我眞的很高興，吃完飯後，我作東，請大家跳舞！」Tiger 叔喝著酒，呵呵一笑。

「Tiger 叔，對不起，我今晚有點事忙，不能跟你去玩，過幾天再找你飲茶。」十二少抹抹嘴，起身。

「告訴我，忙什麼？」Tiger 叔正色。

「火兒被大老闆包圍在城寨裡面，我要去幫他。」

「我剛才不是說過別去打打殺殺的嗎？」Tiger 叔氣道：「才幾小時你便忘了我說的話，還敢去招惹那個大老闆！知不知你一個決定，隨時連累到好多兄弟，甚至影響到整個『架勢堂』！十二仔，行事別一時衝動，下決定之前，要想清楚後果！」

「你說得沒錯，我不可以因一時衝動而影響了『公司』……」

「我不會害你，總之你謹記著我的話就是！」

「Tiger 叔說的話我怎會忘記？我還記得你曾經說過，做人一定要頂天立地，對『公司』，要忠心；對朋友，就要講義氣！」十二少與 Tiger 叔擦肩而過：「今日如果我不走出去，他日就算我當了龍頭，也沒資格教導旗下的手足，因爲我明知朋友大難當前，卻袖手旁觀，我會一世內疚，自己也看不起自己！」

「……」

或者 Tiger 叔已久沒涉足江湖事，久得差點忘了曾對十二少說過這番話。

「Tiger 叔你放心，這場仗我會用我十二少的名義去打，不想惹禍上身的，可以留下來，就算得我一個人，也不會後退。」十二少已慢慢遠離 Tiger 叔的視線。

十二少的這番話極具感染力，不少人二話不說動身，加入戰線。當然也包括了十二少的頭號門生吉祥。

或許江湖上存在很多貪生怕死之徒，可紅塵裡亦總有不理後果、肝膽相照的人。爲了兄弟、爲了朋友，會義無反顧，隨你左右！

本來還一片熱鬧的大廳，轉眼變得相當冷清，大出Tiger叔意外。

看著眼前的空凳，Tiger叔先是愕然，然後苦笑：「不想認老也不行，想不到新一代還有這樣多人會講道義。十二仔確實具領導魅力，『架勢堂』靠你了。」

一直養尊處優的大老闆爲了尋回女兒，竟然御駕親征，圍攻城寨，可見事態何其嚴重。

警界最高權力領導人一哥也知道今日之戰無可避免，強行鎮壓不但令事情更加混亂，情況失控的話，還有可能爆發警黑大戰，隨時重演一九五六年黑幫雙十大暴動（注）慘劇。

一哥絕不容許在任期內歷史重演，所以他暗地裡已經和大老闆達成協議，爲他製造一小時「無警時分」。限時之內大老闆所幹的一切，一哥都不予干涉，但時限一過，不管他

注：一九五六年十月十日，香港確實出現過一場大規模的暴動，當年黑幫份子在九龍區製造了極大混亂，四處襲擊政府機構，街頭毆鬥，洗劫破壞車輛、商店、工廠、學校、工會等。暴亂第二天，港英警方向倫敦求救，英政府頒布了緊急戒嚴令，派出陸軍進港鎮壓，並於十月十二日平息了暴亂。這次暴動導致四十九人死亡，四百多人受傷，近三百多家工廠、商店、學校被搗毀，直接經濟損失三千多萬美元，暴動後港英政府更緊急成立了「O記」《有組織罪案及三合會調查科》，偵查香港三合會活動。

能否活捉火兒也要立即撤離城寨。這段時間他還會派遣警力在城外駐守，封鎖對外一切消息。

大戰即將引爆，黑道人物都隔岸觀火，等看好戲。只有眞正忠肝義膽的人才會伸出援手。

十二少與一眾門生已進入九龍城區，繞山路而行，避過大老闆等人耳目，屯兵在城寨正北方向，一幢七層高的舊長型公屋大廈天台，居高臨下、嚴陣以待，只要「暴力團」有所行動，便即參戰。

轟隆——

悶雷乍響。

明月忽爾被烏雲掩蓋。

山雨欲來的氣氛籠罩著整個九龍城寨。

城寨裡烏燈黑火，電源與電話線同被截斷。街坊都紛紛回到家中，關上門戶。剛才歡天喜地的溫馨笑聲已蕩然無存，變成了寂然無聲的死城。

點了幾支蠟燭的賭館帳房內，火兒、AV、震威、信一、藍男，個個繃緊著臉，似對眼前困局苦無對策。

喵喵哭成淚人，內疚地說：「火兒哥，對不起啊，我眞的不知道會弄成如此地步。不如我試試向爸爸求情，叫他撤走好嗎？」

「開弓哪有回頭箭。」火兒吸一口菸：「這一場仗，一定要打！」

震威：「報警可以嗎？」

「大老闆高調圍城，你認爲警方會不知情嗎？」火兒眉頭深鎖：「如果我沒猜錯，大老闆已經跟一哥打通了關節，孤立城寨，爲他製造一段無警時分！」

火兒雖然身處死局之中，但頭腦仍然非常冷靜，洞悉到自己的處境是何等惡劣。十分鐘的時限迫在眉睫，已沒有時間給火兒再三鑽研解決方法或做出任何部署。要龜縮在這裡，還是果敢赴上戰場，立刻就要作出決定。

城寨天昏地暗，另一個地方卻燈火通明。

香港警察總部，署長室。

「一哥，我照足你的吩咐，派人封住城寨外圍，截斷了裡面所有電源及電話線路。」說話的人是香港警隊之虎，反黑組總警司。

「Good！」人稱一哥的警務署長答。

「一哥，火兒會留在城寨裡嗎？」

「所有人都怕死，火兒也是個人，所以沒有例外。」一哥吸著大雪茄說：「留在城寨或許有一線生機。出去，死路一條！稍爲有點腦筋的人也不會去送死。」

「那麼你已經算準了大老闆會屠城？」

「城寨清拆在即，住在裡面的大部分都是滋事份子，到時難免有一場警民大暴動。既然如此，今晚就正好借大老闆之手給我預先來個大清洗。」一哥把雪茄頭壓向煙灰缸。

「城寨大停電，又跟外界隔絕聯絡，在這一個小時，裡面死人也好，樓塌也好，我們一概不知！」

一哥說得沒錯，火兒是人，也會怕死。但他似乎算漏了一樣東西，一樣被利益沖昏了頭腦、只會打官腔的人永遠無法理解的東西——**義氣**！

「時候差不多，我要走了。」火兒捻熄了菸蒂，站起來。

去或留，根本用不著選擇。如果他是個貪生怕死之徒，當天又怎會獨自找上大老闆算帳？

火兒絕不想連累到城寨街坊的安危，所以他作了一個大部分人都認爲愚蠢的決定。

臨行一刻，他深情地望著藍男，心中萬般不願跟她別離。

藍男同樣回望著火兒，但她卻沒有表露太多的悲傷，出奇地也沒有怨懟喵喵，反而罕有地展露出一個窩心的淺笑。

在這時候，呼天搶地的痛哭只會徒增火兒的煩惱，既然這個男人已選擇了挺直腰板面對強敵，自己何不用一個笑容，在精神上爲他打氣。

火兒，心領神會。他留戀，可是他前面有更重要的東西，等著他去幹。

定一定神，火兒拖起喵喵的手，走出帳房：「喵喵，我帶妳走。」

甫踏出帳房大門時，他察覺到AV和信一跟在他兩旁。

「做朋友的，送到這裡就夠了。」火兒向AV說：「你們沒必要跟我犯險。」

AV冷冷回應：「我一向討厭黑幫，今日正好殺個痛快，與你何干？」

火兒望向信一：「信一，你又怎樣？」

信一揚揚眉頭說道：「我喜歡怎樣便怎樣，需要向你交代嗎？」

火兒感動得想哭，卻笑了：「好，你們都不怕死，那就一起走吧！」他怎會不知道二人的用意，人生之中能有這兩個相濡以沫的好兄弟，死又何憾。

——死亡，可以非常浪漫。

望著他們遠去的背影，震威內心湧起了一股衝動，很想豁出去與他們一同邁向戰場，卻又拿不出勇氣。他痛恨自己的軟弱，痛恨自己的無能，痛恨得哭了出來。

「不用悲傷，大戰還沒開始，我們不應感到絕望。」藍男雙眼望著遠方，輕輕道，像是安慰震威，更像是安慰自己：「火兒對我說過：『只有抱著希望的人，才能引發奇蹟。』他多次經歷劫禍仍然死不了，就因為他擁有信念及希望。我相信他一定可以度過這一難關，一定！」

火兒牽著喵喵的手，在城寨內穿過一條又一條的橫街暗巷。這十個月來的生活片段，有如浮光掠影般展現。

巧遇震威、決戰AV、冒犯信一、邂逅藍男等情景都恍如發生在昨天一樣，記憶猶新。

想到藍男，火兒只覺相處時間太短促。此次一別，他不知道今世還是否有機會再見伊人，於是他狠狠地、用力地把她的一顰一笑烙印腦中，立誓就算走上奈何橋、喝下孟婆湯，都不許藍男的容顏消失在來生記憶之中。

快樂的時光總是過得特別快。腦裡重溫了一遍跟藍男的開心片段後，火兒也就穿過了最後一條暗巷，來到了城寨接上外界的邊緣。

一陣強光照射在火兒等人身上，他們以手背遮擋，就像銀行劫匪給警方重重包圍。

大老闆和火兒，相隔著四條行車馬路的距離。

只見大老闆大刺刺坐在一輛房車頂上，左右兩旁高掛著兩盞巨型投射燈，大有目空一切、君臨天下的張狂況味。

大老闆眼利，遠遠便看見火兒牽著喵喵的手，急怒得紅筋暴現，瞪眼道：「火兒，放開喵喵！」

火兒從大老闆的聲音感到他的無比震怒，但他卻沒有怯意，只在喵喵身邊輕柔地說：「喵喵，妳要回去了。」

喵喵捉得火兒更緊：「火兒哥，對不起。」

不願放手的人，其實是喵喵。

火兒笑說：「妳不放手，我就要打妳屁股啦。」

喵喵破涕為笑。

在這時候，火兒還去逗別人開心，說穿了，他不想喵喵為了今次的禍害而內疚自責。

今天一別，或許永訣。所以他笑著讓喵喵離去，留給她一個美好回憶。

當喵喵依依不捨地踏步向前，火兒的眼神立時回復凌厲，盯緊大老闆。

大老闆的視線亦沒有從火兒身上轉開。

直到喵喵回到自己身邊，大老闆才瞄了她一眼。

喵喵懇求：「爸爸，我求你放過他！」

「閉嘴！」大老闆怒吼：「來人，給我送小姐回家！」

大老闆態度強硬，喵喵心知無可挽救。

兩名大漢走到喵喵面前：「小姐，請跟我們走吧。」

為免與喵喵有肌膚接觸，二人早已戴上手套，一左一右的把她強行帶走。

喵喵猛地回頭，呼天搶地的狂嚎：「爸爸，我求求你放過他！我答應你以後再也不敢離家半步！」

「我求求你，我求求你，我求求你，我求求你，我求求你，我求求你，我求求你，我

求求你，我求求你，我求求你，我求求你，我求求你……！」叫聲淒厲得讓人心酸。

如果可以再給喵喵重新選擇一次，她寧願一生見不到火兒，也絕不會偷偷進入城寨。

只是發生了的事情，又怎能回頭。

哭音愈去愈遠，一直強忍怒火的大老闆，也將要發動戰爭了！

「全部上！」大老闆暴吼。

「暴力團」大軍如怒潮巨浪，向三人吞噬而去。

3.4 城下一戰

火兒、信一、ＡＶ，三個視死如歸的人，今天能夠一起步出城寨，踏入戰場，沒有遺憾，只覺痛快！

就在火兒和信一將要踏出九龍城寨之際，ＡＶ分別抓住二人的骼膊：「兄弟，我先上！」

兄弟，這兩個簡單的字眼，此情此境意義更深。勝過千言萬語，勝過千噸黃金。ＡＶ要為他的兄弟作先鋒，獨力迎戰大老闆。

ＡＶ雙臂往後一拉，把火兒信一扯到後面，自己順勢飛奔向前，直衝目標。

ＡＶ勢如史前凶獸，大老闆並沒被他的氣勢所懾，仍然坐房車頂上，不動如山。

ＡＶ衝到大老闆的咫尺之近，運起那霸道無匹的拳頭，準備向他迎頭猛擊。

面對那一記足以轟爆一頭水牛的拳頭，大老闆只以哼一聲作回應。然後，也擊出了拳！

ＡＶ的拳還未觸及大老闆身體，自己的胸口便先中擊。

轟——

比天雷更大的轟聲爆響，近二百磅的身軀拔地而起，往後急飛。

飛回城寨巷道的入口仍沒有停止退勢。火兒見AV的身背猛飛過來，即伸出雙掌，欲把其勢截下。

可是當火兒掌心觸到AV背門時，就連他自己都給一併飛退。

他的身體同時承受著大老闆的拳力和AV體重的衝擊力。兩股合起來的力量超過千磅，如同被一架時速一百公里的重型貨車碰撞一樣，連靈魂也差點給轟出肉體。

二人一直往城寨巷口裡面急退，飛退到八十多呎之遠，撞到一堵牆壁才得以停下。

火兒只覺背門似給炸開一樣，痛得飆出了淚水。

直接中拳的AV亦好不了哪裡。昔日的城寨霸王如蝦米蜷曲在地。可以想像，大老闆的拳頭有多厲害。

暗巷前方傳來了陣陣殺聲，「暴力團」的大軍殺進來了！

身負重傷的火兒與AV，處境甚危，幸好他們還有另一個好兄弟沒有任何損傷。

信一站在二人前面，一個人、一柄刀，力抵「暴力團」過百人馬，誓保兄弟性命！

信一未擢升爲「龍城幫」的掌櫃前，乃幫中武將戰神。曾爲幫會取得多面勝利錦旗，寫下數十場輝煌戰績。刀法又快又準又狠，贏得「龍城第一刀」之封號。

刀光疾閃，信一跟敵人的兵刃擦出了一點星火，把握著火光熄滅前的瞬間，看準落點，舞動著靈巧的手。

斜劈、橫削、直斬。

噹——噹——噹——

兵器掉在地上發出清脆聲音。一瞬間解決了三人。

身在暗黑中無人可以正常視物，但信一卻利用了刀光的火花，爲自己製造較有利的戰策。

不過一個人的力量有限，當他擊倒了十多人後，動作開始變慢，一慢就難免掛彩。

轉眼，信一身上多了好幾道刀傷，步伐亦愈退愈後，與躺在後面的火兒距離拉得更近。

信一心想：「再退下去，火兒和AV隨時生命不保。我一定要撐下去！」

雖然信一實力和信念都很強橫，但雙拳難敵四手，「暴力團」人馬斬之不盡，這樣下去，防線早晚也會被攻陷。

斬下了不知多少個敵軍，擊落了不知多少把刀刃，信一的手開始在發軟、在顫抖。任他刀法如何再強，也有力盡一刻，信一自知已是強弩之末。

防線將要失守之際，兩邊巷道湧現出點點火光。

火光由遠至近，信一看到一個個手握燈籠的人影衝殺而來。

地道的服飾、熟悉的臉孔，來的都是城寨街坊。他們忍無可忍，決定跟「暴力團」拚個你死我亡！

人們一手提著燈籠，一手拿著武器，萬眾一心，保我家園！

激動的情緒感染了每一個有血性的男兒，包括膽小懦弱的震威。他跟其他人都豁出去——有前無後，戰死方休！

帶領著他們而來的，正是信一的門生阿鬼和大隻佬甲乙丙。

信一愕然：「阿鬼，我不是命令你們留在家中抱頭大睡，不要出來的嗎？」

阿鬼邊跑邊喝：「『暴力團』的人那麼吵怎能入睡，只有把他們驅走我們才可好好睡一覺呀！」

街坊們大喝：「驅走他們！」

既然大家都勇敢地走上戰場，信一已經毋須多言。戰意大增的他只高呼一句：「殺『暴力團』他媽的一個片甲不留！」

眾人齊聲喝道：「殺呀——！」

城寨軍士氣如虹，衝殺入「暴力團」人群裡去，兩軍大戰正式爆發！

震威扶起了火兒說：「你想走抑或打？」

街坊們都走上戰場，火兒又怎會選擇退路。他的痛已被壓下來，雙目如虎，道出心意：「打！拚了命也要——打！」

「好，我們兄弟倆一起上！」震威的鬥志從未如此激昂。

「還有我！」沙啞聲線來自AV。

他再次站起，與火兒、震威加入戰線。

另一邊廂，蟄伏在屋邨大廈天台的十二少亦舉兵出動。

十二少一聲令下：「兄弟們——殺下去！」

門生振臂大喝：「好！」

疊疊人馬沿著大廈階梯而下，走到二樓梯間，突然！

咻——咻——咻——咻——咻——咻——咻——咻——咻——

門生像中了子彈般相繼倒下，只有十二少跟吉祥仍然站著。

一股猛風急取吉祥頭顱。十二少眼明手快，立即以尚未出鞘的佩刀橫擋在吉祥前頭。

啪嘞——

武士刀與猛風碰上，刀鞘爆破，木屑四飛。

滴……滴……滴滴滴。

一顆鋼珠掉在地上。

猛風，是因這顆鋼珠的急速衝力所構成。

十二少俯望梯級盡處的人，再看看那顆鋼珠，已經知道來者就是當日重創吉祥的人。

那個懂得「彈指神通」的高手，王九。

令門生倒下的，是那快得離奇的鋼珠。

十二少眉頭緊壓：「所有人退到我後面。」

倒在地上的人紛紛爬起，走到十二少身後。

吉祥在十二少耳邊輕聲說：「阿大，小心他的手指。」

「嗯。」十二少盯緊王九：「終於給我等到今天了。」

由王九重傷吉祥那天開始，十二少就一直在等待替他復仇的一天。

十二少動了，向梯級俯衝而下。

王九鼻頭一動：「好強的氣味，給殺了我！」

王九往上撲。

二人本來相距約二十級階梯，閃電間已拉得很近。

十二少雙手握緊刀柄，武士刀朝下急劈。

王九頭部往橫一甩，頸上鐵鏈破風疾飛，如靈蛇般把武士刀絞纏、緊扣。

制住了十二少的刀，王九祭出了他最厲害的武器——劍指！

十二少出拳迎敵。

颼——

中了！十二少看不見王九的招勢來路，胸口便給戳了個血洞。

「給殺了我！給殺了我！給殺了我！」王九劍指再至。

十二少雙目火紅：「他媽的！」

身軀給戳中，對方還不斷「給殺了我、給殺了我」的說個不停，十二少怎能吞下這一口氣？

王九第二招又再來了，十二少盯緊著他急速移動的右臂，看準此劍指正朝自己的左胸位置而至。

運掌、接招！

嚓——

「嚓」的一聲，血花四濺。十二少的掌心給一指戳穿。

被戳穿的手掌五指緊合，把王九的最危險的武器鎖住。

十二少早知王九的劍指又快又狠，深信只要制住他的指頭，勝算便會更大。所以他就孤注一擲，把一掌押注下去。

這一局，他的注碼押中了。

十二少左手鎖住了王九的劍指，握刀的右手扭動刀柄，刀身絞旋，掙開鐵鏈枷鎖，繼而向王九頭顱俯劈下去。

刀光直噬，王九錯身閃開。

他身法雖快，但十二少的刀法更快。電光石火間，一條深長的血痕自太陽穴至腮邊，烙印在王九的左臉上。

死神就在王九身邊擦過，一直木無表情的五官，終於現出了人類的神色。

不是恐懼，而是興奮。

死亡的感覺，叫王九生出一種莫名的快感。

直劈的一刀落空，十二少急忙轉勢橫斬。

不過今次這一刀，他慢了。王九腰往後彎，刀鋒僅在他胸前擦過。

未能命中王九，十二少的腹肚反被開了個血洞。

「我明明鎖住了他的手，他竟還能傷我？沒可能，除非……」十二少駭然，心道：

「他左右兩手都能擊出劍指！」

所有的用武好手，通常都只集中鍛鍊一臂，要練就到兩臂威力相同，必須擁有萬中無一的天賦。

王九的天賦令十二少十分訝異，五指一鬆，王九脫開枷鎖，兩手同時戳向十二少雙目！

劍指勢急且勁，十二少無從閃避，雙目快要給戳破一刻，王九突然止住去勢。

王九深深索了索鼻，興奮瞪目：「我嗅到好強好強的氣味！」

十二少驚魂未定，便見王九急步走回樓下。

雙目差點便要報銷，十二少大汗涔涔，呆了下來。一時間未能平復那種恐怖的感覺。

城寨裡面突然湧起一股「氣勢」，把「暴力團」全數人馬給轟到大馬路上。

只見一人，氣定神閒地站在馬路上，「氣勢」強大得像一座巨山，震懾天地，無人再敢上前。

王九望向那人，嗅嗅：「好強，好強的氣味！哈哈哈哈哈！」

王九撲了上去，想跟他交手。可當他來到對方身前一呎時，身體竟如遭炮轟，震開幾十呎去。

當今天下，能擁有這強大實力的，只得一人。

「龍——捲——風！」風字甫脫口，大老闆一腳蹬向屁股下的車身，借力一躍，人就如炮彈直飛向前。

信一挽著負傷的火兒和AV，站到城寨的入口，遠遠望著龍捲風。

城寨街坊皆紛紛湧到大街。

全部人屏息不動，視線投落在馬路中央的兩個人物身上。

——大老闆，和他的宿敵，哥哥龍捲風。

大老闆與龍捲風這對不世宿敵，終於又再碰頭了。

他們相隔的距離只有一呎。

哥哥比大老闆矮了一截，不慍不怒，但渾身上下卻有一種說不出來的無形壓力，令大老闆不敢發動攻勢。

「老朋友，我們已經有廿多年沒見面了……」哥哥淡然道：「等了那麼久，你還等什麼？」

二十年來龍捲風的名字就如夢魘，令大老闆寢食難安。生生死死，今天總要有個了斷。

「吼！」大老闆決定要用他的拳粉碎噩夢。

哥哥亦已動手。

拳與掌，差不多在同一時間落在對方身上。

轟——

拳，落在哥哥胸口。

噗——

掌，印在大老闆腹肚。

黑道上兩個最強人物的對決，沒有驚天動地，一切都來得平實。

哥哥退了兩步。

大老闆卻一直後退。

後退之勢，令地面劃下兩行深長的凹坑。

砰——

直至退到數十呎之遙，大老闆背門撞向剛才用作借力飛躍的房車，巨響震天，車身給砸至凹陷，其退勢才得以止住。

哥哥這一掌，不但把大老闆打回了原點，更打得他吐出大蓬鮮血。

良久，大老闆才慢慢站起，彎曲著身，不發一言，手在震。

觀戰的所有人都在期待二人再度交鋒。

龍捲風紋風不動。

大老闆也僵立原地。

一盞茶後，待雙手再沒顫動，大老闆才邁出一步。

但他並非再上戰場，而是黯然離去。

高手之戰，一招了決。

——大老闆戰敗了。

殘餘下來的人馬，跟著這個敗軍之將撤走。

等待了二十年的對決，竟如此結束。

大老闆敗走，十二少亦鳴金收兵。

他甚至沒跟火兒打個照面就離去。因爲他跟火兒一樣，同樣是那一種施恩不望報的人。

幫了朋友，並不需要讓他知道。下一次，再下一次，無論多少次，當火兒遇上困難，他照樣會趕來，義不容辭、拔刀相助。

因爲若然角色互調，火兒也一樣會這樣做。

敗退大老闆，街坊們都在激昂吶喊，但哥哥的臉上卻沒有一絲喜色。

他低著頭，沉默地走回城寨。

刻下的危機雖然化解，但火兒卻從哥哥的神情裡看出了隱憂。

果然，當哥哥走到火兒和信一身邊的時候，輕輕說了一句話：「你倆隨我來。」

阿柒冰室內。

關上大門的店子，只有四個人在裡面。

阿柒正在埋頭切著叉燒。

哥哥則坐在火兒與信一的前面。

一個盛滿了血水的紅A牌膠盆放在哥哥腳下。

黑澀的血水，源自哥哥。

哥哥曲身而坐，臉如紙白，往日的神采已不復再，一下子活像老了十年。

火兒看得心酸了又酸。

「你倆該看出大老闆這一拳對我帶來的傷害有多大。」

「嗯。」二人齊聲應道。

「表面上，我得到這一戰的勝利，但事實是，我的五臟六腑已被他轟爆了。」

「!」震驚的話，叫二人如遭電殛。

阿柒卻仍然無動於衷，只將切好一片片的叉燒，放在一碗白飯上面。

哥哥抹去嘴邊的血絲：「但中了我一掌的大老闆也不會好過，大約要用七天時間才能養好傷勢。」

阿柒把那碗叉蛋飯放在哥哥面前：「飯要暖的才好吃，起筷吧。」

「嗯。」哥哥從筷子筒取出一雙筷子，把飯扒放入口，咀嚼後緩緩吞下：「他畢生的宏願就是一統江湖，我相信他這個想法並沒有因爲年月過去而淡化。二十年來他不敢動手，全因忌憚於我。」

二人一直專心聽著哥哥說話，阿柒卻在一旁磨他的豬肉刀。

「但今日之戰，我已向他暴露了底牌……

「當他的傷好轉後，便會奇怪傷勢何以痊癒得這樣快，然後就會發覺我力度雖強，但內力不足的事實。

「他甚至會猜到，我的身體出了嚴重毛病，已到了夕陽遲暮。依我估計，七日之後他就會兵臨城下，發動一場清除異己的滅絕大屠殺。」

關係整個香港黑道的存亡大事，這刻火兒、信一卻並不關心，他們在意的，是哥哥所說的身體毛病。

「信仔，菸。」哥哥向信一比了個討菸手勢。

「你的身體到底出了什麼事？」信一爲哥哥點了根菸。

「癌症。」哥哥苦笑：「戒了十幾年菸，還是逃不過這一劫。」

二人呆住。

「肺癌把我折騰得五勞七傷，死，是早晚的事。」哥哥吐出一口黑血：「當大老闆知道我已沒有能力與他爲敵，他就會舉兵屠城，這是我最不想看到的事情。

「二十年前，我本來要跟他一戰，但在決戰前夕，我那久病臥床的太太情況突然急轉直下、離死不遠。以前，我爲了逐鹿江湖，放棄了跟她相處的時間，總以爲還有很多很多的日子，從不知原來死神是會隨時奪去你身邊人的性命。

「所以那時我就答應她，以後再也不過問道上的事，一直留在城寨陪著她，那管她已變成一堆骨灰……

「想不到當年我棄戰大老闆會造成今日的後患。城寨百姓絕不能因我一個決定而受到連累。火兒，請代我出戰大老闆。」哥哥吸一口菸，頓了頓，又道：「信仔，你一定要力保城寨街坊安危。」

「我和大老闆本來就有不共戴天之仇，就算不是因爲你，我也會找他算帳！」火兒勒緊了拳：「況且今次禍端因我而起，保衛城池，我實在責無旁貸。」

哥哥露出歡顏：「我沒錯看你。」

望著火兒，哥哥彷彿看到當年的自己。

「火兒，我跟你總算有緣……」哥哥咳了一聲：「在我家的衣櫃上，有個啡色的皮箱，裡面的東西不值錢的，不過算是我一番心意，到你出城那天，你便打開它吧。」

「多謝哥哥……」

「信仔，你和藍男自小跟隨著我，我視你倆爲親兒女，尤其是藍男，我跟她的生父情同手足，比親兄弟還要親，他死前拜託我好好照顧她，可惜，我已時日無多……咳咳……」哥哥又吐出口黑血。

「哥哥，你放心，我和火兒會照顧藍男，絕不會讓她受到任何傷害。」

「有你這一句，我便放心。」哥哥一笑，又道：「信仔，龍頭杖放在床底下的鐵箱裡，我不能親手交給你了……手握龍頭杖，你便是『龍城幫』的第二任龍頭，號令幫會三萬門生！」

簡單的幾句話後，信一從此便是「龍城幫」的最高領導人，肩負起整個幫會命脈的重任，以後每下一個決定，都足以影響三萬門生的生計。

這個擔子，眞的好重好重啊。

「哥哥，我答應你，有我信一一日，『暴力團』也別妄想可以打垮我們『龍城幫』！」

「還有一事……『龍城幫』一直有一道大裂縫……我……已沒能力作出修補，信仔，這個重任，要交給你了。」

說到這裡，哥哥面露難色，欲說還休。相信這道裂縫當中，埋藏了一段錯綜複雜的故事。

「我……一定會盡最大能力，修補這裂縫。」

「我知你一定可以。」哥哥泛起微笑，嘴角滲出黑血，轉望火兒：「火兒，你天生是格鬥的材料，但你呼吸太紊亂，不懂以氣御力，遇上大老闆這種愈戰愈狂的對手，到最後必定耗盡力氣，慘敗收場。時間無多，我立即要替你打通體內經脈。」

3.5 明星

火兒脫去上衣，露出了鋼條型的健碩軀體。

哥哥看著火兒結實的胸膛道：「看來你在城寨的日子，並沒有停下鍛鍊。」

「在我未殺敗大老闆前，絕不會偷懶。」

「好，就看你能否熬過這一關。」哥哥：「阿柒，銀針。」

阿柒把一塊黑色的絹布放到哥哥身前桌上。

哥哥打開絹布，內裡一字橫排了十多枚長約一吋、如錐子般大的銀針。

「吸一口氣。」哥哥拿起一根銀針，對火兒說：「無論如何痛楚也不能洩氣。」

火兒斜眼瞄向哥哥手上銀針，不禁捏了一把汗。

「我現在先要往你的任脈下針。」

任脈：為諸陰之海，為陰脈之總會，起自臀部的會陰穴，沿人體正面中心線，經肚臍，沿胸骨，止於唇下承漿穴。

哥哥勁聚掌心，壓向銀針末端，把它戳入火兒肚臍的會陰穴道內，痛得他想狂呼大喊。可是他抿合雙唇，不哼一聲。

第二根銀針戳入氣海穴，火兒還能忍受，但當第三根銀針刺入中脘穴時，火兒已經全身冒汗了。

「火兒你要撐住，萬一你洩了氣，便前功盡廢。而我，亦沒有多餘的內力進行第二遍。」

第四根銀針刺入胸前的膻中穴，火兒仍然閉著氣，撐過來。

完成會陰、氣海、中脘、膻中這幾個任脈的重要穴道之後，就到背門的督脈。

督脈：爲諸陽之海，即全身主要內臟，六條屬陽的經脈，均匯入督脈，奇經八脈之一，起自臀部的會陰穴，由後上方沿著人體背面中心線，沿脊骨，經頭骨，止於舌內齦交穴。

「轉身。」一根銀針，戳向火兒背門的會陰穴。

銀針直入骨髓，遠比之前痛楚百倍。

「撐住啊！」信一心道。

火兒依舊死忍。好一條硬漢！

另一針，戳在長強穴。

「咕！」火兒鼓起雙腮，漲紅了臉，雙目禁不住流下了血眼淚。

旁觀的阿柒心道：「當年我也過不了這關口，火兒竟然熬過了。」他有點激動：「哥哥沒有看錯人，或許他眞有創造奇蹟的能力。」

當年阿柒與王九一戰之後，帶著重創的身軀走到城寨求醫。城寨裡雖然大多都是無牌醫生，但其實不少都是譽滿國內杏林、醫術高明的大國手，只是他們都不能在香港獲得牌照，故才留在這三不管地帶委身行醫。然而即使如此，但由於阿柒的傷勢太重，一眾醫生竟全都愛莫能助。

幸好哥哥聞訊後出手相救，以其爐火純青的內功，才續回阿柒一命。

到後來阿柒看見火兒的傷勢就二話不說給他治癒，除了因爲二人同樣爲王九所傷，更大的原因，正是將心比心，將受過別人的恩惠，再轉贈他人。

又一針，戳向命門穴。

火兒咬緊牙關，強忍劇痛，兩排大牙快要給咬至碎裂，如蚯蚓的紅筋更不尋常地攀附臉上。

比分娩更痛，比火燒更滾，火兒承受的痛楚，已到了極限。

哥哥心道：「還欠兩針。」

哥哥的手在顫抖，手中的銀針忽然變得無比沉重，無力提起。

至於火兒，他再也耐不住劇痛，把兩顆大牙給咬碎。

嘞──

「吼吔吔吔吔──」

失敗了！熬不過最後兩針的火兒，把眞氣洩走。

火兒茫然發呆，不知該如何是好。

「小子，能捱到這關口，已很厲害的了。」阿柒拍拍火兒肩膊：「你盡了力，哥哥不會怪你的。」

火兒愧疚地望向哥哥，才發現他合起了眼，臉上掛著溫和的微笑，靜靜地坐著。

這一幕似曾相識，跟漫畫《鐵拳浪子》（注）結局，矢吹丈在擂台上垂首坐著的畫面很像，很像。

「哥哥……」火兒顫聲，輕輕喚。

「哥……哥……」信一眼淚盈眶。

信一雙親早逝，自小跟伯父藍森（藍男之父）生活。廿多年前，藍森乃九龍區的華探長，雖與龍捲風一黑一白，卻是拜把子好兄弟，感情相當要好。

後來藍森意外掛掉，信一、藍男便一直跟隨著龍捲風。

信一雖沒說出口，但早已視龍捲風爲他的父親。

「哥哥……這些年來，你刻意把『龍城幫』的事務放下，把決策權下放給我，你的苦心，我是明白的。我答應你，拚了命也要把『龍城幫』的裂縫修補，然後用我畢生之力，將幫會壯大起來，絕不會敗了你的基業、你的威名。」信一拭去眼淚，凝望著一生中最敬重的人，心中默唸：「哥哥，我已經長大了，請你放心吧。」

「哥哥走了。」

其實不用阿柒說出來，二人也知道哥哥的生命已走到盡頭。

他臉上的表情，沒有責怪，也沒有遺憾，只有一份了無牽掛的安詳。

火兒目光失去了焦點，喃喃道：「我眞沒用，白費了哥哥的最後心血。」

阿柒點菸：「由一開始哥哥已知你沒可能熬過，他只想清楚你的體質到達哪個程度。他這一笑證明對你很滿意，料想你必定懷有跟大老闆一拚的實力！」

火兒認爲阿柒只想自己好過才說出這番話。

「你一定以爲我在安慰你，不要亂想，我沒必要騙你。」阿柒：「從哥哥最後的表情，你看到什麼？」

看著哥哥的笑容，火兒感受到一種信任。

一種超越了生死的信任。

火兒沒有流淚、沒有悲慟；只有一份激動、一股熱血。

他，是如此相信著我！

他，是含笑而終的呀！

哥哥肉身雖死，精神卻會化作天上明星，繼續照耀城寨。

阿柒冷靜地說：「在解決大老闆之前，哥哥的死絕不能外傳，我們先要把他的遺體處

注：即《小拳王》（あしたのジョー）。

理。」

三人走到鋪後的冷凍房，把哥哥的遺體放進去一個雪藏凍肉的大冰櫃裡。

火兒與信一黯然地關上冰箱大門，心想：「哥哥，委屈了你，待我們把大老闆幹掉，一定會給你風光大葬。」

「人已死，不要想太多。」阿柒橫瞅火兒一眼：「時間不會等人的，何況我們根本沒有太多的時間，所以修練要正式開始了。」

「修練？」

「就算未能打通任督二脈，經過這次修練，我也有信心把你的潛能迫發出來。」

「喔。」

「信一，火兒要閉關一段日子，這段時間，城寨未必百分百安全，你們『龍城幫』一定要守住這一關。」

「當然！」信一肯定地回應，然後向火兒送出一拳：「火兒，外面的事不用擔心，你專心跟柒哥修練吧。我等你出關，一起轟爆大老闆！」

「一言爲定！」火兒擊出拳頭，跟信一的拳碰上：「可否幫我做一件事？」

「什麼事？」

「我想你找一個好的整容醫生，幫AV清除臉上的疤痕。」火兒：「他總不能一世戴著面具做人吧。」

「嗯，我盡力找找。」

「我們要爭取時間。」阿柒步出冷凍房：「火兒，隨我來吧。」

3.6 閉關

在冷凍房的隔壁，是阿柒休息的房間，房間角落的地上，有一塊三呎見方的鐵板。板下是一條通往下層的梯級。

拾級而下，別有洞天，地牢約有百多平方呎，中央擺有兩個已生火的炭爐。左邊的爐上有一個瓦煲，右邊的則沒有。

地上放著一個個麻包袋以及一柄戳著生豬肉的大鐵叉。

這個地方就是阿柒製作叉燒的祕密工場，也是冰室員工的禁地。

阿柒拿起鐵叉道：「看著我。」

說罷反覆以掌心和手背往叉上的豬肉拍打。

啪啪啪啪啪啪啪啪啪啪啪啪啪——

拍打了近十分鐘，阿柒從麻包袋裡取出一團醃料灑在豬肉上，然後放在右邊的炭爐上燒烤。

火兒狐疑：「肉料最起碼要醃三十分鐘才能入味，他卻即醃即燒。」

燒烤了約十五分鐘，阿柒左掌壓向爐邊，爐火立即猛烈起來。

火兒脫口道：「是內力！」

內力之火燒得肉排皮脆肉香，塗上麥芽糖再烤三分鐘，色澤變得更紅亮。

阿柒橫目一瞅，瞥見瓦煲開始冒出白煙，傳來陣陣飯香，遂把左掌轉移到瓦煲方向。

「喝！」

大喝一聲，內力直透瓦煲，弄得煲蓋啪啪跳動。

「火兒，盛飯。」

火兒拾起地上印有公雞圖案的飯碗，然後打開燙手的煲蓋，盛了碗白飯遞到阿柒面前。

「拿穩。」阿柒換成左手拿著鐵叉，右手握著豬肉刀，手起刀落，一刀一刀把鐵叉上的叉燒切爲一片片，不偏不倚落在白飯上。

一碗香噴噴的叉燒飯製作完成。

火兒嗅索了一下：「好香。」

阿柒放下鐵叉與刀，點了根菸，對火兒說：「吃了它。」

火兒雖不知阿柒葫蘆裡到底賣什麼藥，但卻相信阿柒每走一步都有其原因，況且吃飯是必須要的事情，所以很快就把飯扒光。

「記得它的味道沒有？」

「記得。」

「好，從今天起阿柒冰室將會停售招牌叉蛋飯，直至你能煮出一樣味道的叉蛋飯爲止。」

「煮飯？我不是要跟你修練嗎？為何變成學廚？」

阿柒呼出一口煙圈：「我這一碗並不是普通的飯，而是用氣煮成的叉蛋飯。要煮出這種味道，每一個步驟都相當重要。首先，豬肉要用掌勁打鬆，醃料亦要靠內力令其完全滲入肉內。最重要，也是最關鍵的，就是怎樣利用『氣』貫入炭火裡面。到你能做出這味道的叉蛋飯，就是你能駕馭體內眞氣之時。」

「眞氣？」

「人體都有氣的存在，包括：『元氣』、『營氣』、『衛氣』、『臟腑之氣』。它含有『磁場』、『紅外輻射』、『靜電』、『粒子流』等物理效應。若人體經由鍛鍊，氣的能量便會變強，經脈的通暢度也會增大，這樣才能發揮其應有的運轉及功能。當練氣者進入『致虛極，守靜篤』的境界，就能將氣匯入丹田。」

阿柒所說的「致虛極，守靜篤」，源出自老子的《道德經》。「致」為達到之意。「虛」就如同佛家的「空」。「致虛極」要做到空到極點，連空都沒可尋。練習專一守住，聚精會神，精神集中，讓自己的身和心都徹底「靜」下來。

阿柒續道：「人的丹田就是丹爐，即如一部機器的發電機。要靠鍛鍊、養氣才能累積能量，提高電力。電力達至某一個數值，便凝成等同打通任督二脈的澎湃力量。」

這番話如果從別人口中說出來，火兒一定當他瘋子，但出自阿柒口中則叫他深信不疑。

「我當年就在少林寺的廚房練就出一身眞氣，你是個有慧根的小子，所以我相信你一定成功！」

「嗯！」

「另外，我還有一招可以把你的力量於瞬間提升。」

「什麼方法？」

「熱血。」

「熱血？」

「每個人的心中，都有一種元素能喚醒他體內的熱血，當熱血流動，便會激發腎上腺素上升，令體內潛能在短暫爆發。情況就好像運動員吸食類固醇。」阿柒字字鏗鏘地說。

火兒想起的確曾在一些書籍讀過有關腎上腺素的知識，得知腎上腺素上升會增加腦部多巴胺（Dopamine）的分泌，繼而令全身筋肌亢奮，在緊急狀況下極有可能在瞬間產生超乎平常能力所及的力量。

由這一晚開始，火兒就獨自留在這個悶熱的爐房祕密修行。

火兒明白，阿柒把招牌叉蛋飯停售，是將一切押注在自己身上，好讓他覺得自己不是一個人在作戰，兩人之間有著唇亡齒寒的重要關係。

轉眼過了一星期。

自從中秋節那一晚後，火兒再沒有在城寨出現，就像人間蒸發了一樣。原本屬於他的外賣工作，現在暫時由阿柒冰室的老臣子Peter哥代替。

剛送完外賣的Peter哥，沒精打采，如喪屍般步入冰室。

冰室內，一個客人也沒有，阿柒百無聊賴，在大廳蹺起二郎腿看報紙。

「老闆，你還有心情看報紙？」Peter哥一屁股坐在阿柒身旁：「自從叉蛋飯停售之後，冰室的生意便一落千丈，這樣下去，我眞爲你的錢包擔心！」

「在這個水深火熱的時候，你竟然還會關心我的處境，實在太令我感動了！」阿柒拍拍Peter哥的肩膀：「我沒看錯人，你果然有情有義！相信你一定願意跟我共度時艱的，好啦，從今天開始你的底薪減半吧！謝謝你！」

「什麼!?」Peter哥大駭：「老闆……你不是說笑吧？」

「你想再減多點嗎？太偉大了，那麼就照你的意思，再減多一點點，四折啦。」

「啊?!」

「還想再減？」

「不不不，減半算了……」

「放心，他日冰室賺錢，我一定不會虧待你！」

此時，信一和藍男走進來。

「Peter哥，炸雞脾（雞腿）、薯條、一凍檸茶一凍奶茶。」信一道。

「ＯＫ！」Peter哥回應後，幹活去了。

「柒哥，火兒的情況如何？」信一緊張。

「不知道啊。」阿柒聳聳肩，淡然：「我只負責送飯放報紙給他，他的進展如何，我全不知情呢。」

「他有沒有跟你說什麼？」藍男。

「有，他叫我跟妳說——不用擔心。」

不用擔心，多麼普通的一句說話，可當藍男聽到後，卻差點掉下淚水。

自從和火兒交往以後，藍男幾乎每天都會叫阿柒冰室的外賣，爲的當然是藉故見火兒一面。除此之外，他們也會在晚上通一次電話，互道一句晚安才能安睡。藍男偶爾更會給火兒一個窩心的早晨來電。連續多天沒有聯絡，是認識以來的首次。

原來不知不覺間，已經習慣了火兒在自己生活裡的存在。火兒臨行時對她的深情一瞥，那個準備就義的不捨表情，成爲了藍男這星期一閉上眼就想起的畫面。

無論如何，都無法在腦海揮去。

還是第一次，藍男承認，自己對一個人，如此牽腸掛肚。

藍男知道，火兒跟自己一樣，心裡一直想念著對方。

——你沒事，太好了。我眞的好想好想見你。

—酒廊吧枱前—

「喂，來杯你拿手特調！」

我對彈Bass的拍檔兼本店酒保兼老闆說。

順帶一提，我的副業是在這裡賣唱。

是樂團Bluish的主音吉他手。

「今天這麼早就上班啊。」

喝一口他端上的特調，又辣又帶甜味，蠻好喝的。

「這陣子，我想唱些不同的，行不行？」

我忽然不想唱那些叫破嗓門的歌。

「隨便妳。」

只想輕輕地唱，每首歌都是我的心意。

為閉關中的你傳送正能量，為你加油打氣。

站在台上，我說：「這是Guns N' Roses的Patience。」

Shed a tear 'cause I'm missing you

I'm still alright to smile

Girl, I think about you every day now

Was a time when I wasn't sure

But you set my mind at ease

There is no doubt you're in my heart now

3.7 叉蛋飯

時間，又再往後推了三個星期。

城寨，暫且風平浪靜。

火兒，依然未見影蹤。

江湖，卻已起了暗湧。

哥哥的預言準確，在他死後一星期，大老闆的傷勢已然復元。

可大老闆仍未知道哥哥已別了人間，還以爲他守護著城寨。

直至，大戰第十日後一個黃昏。

這天，大老闆百無聊賴行經果欄附近一個公園，看見幾個身穿校服的小學生圍在一起，發出激昂的打氣聲。

「柯博文！加油啊！」

「天王星，給我殺了牠！」

大老闆循聲而望：「柯博文跟天王星……那班小鬼在玩《變型金剛》超合金大戰嗎？不知有沒有我最喜愛的大黃蜂呢？嘿嘿……」

大老闆走近一看，發現其中一人手上拿著一片比手指長少許的蘆兜葉，葉上正有兩隻細小的蜘蛛對峙著。

「你們不是玩超合金嗎？」大老闆搭著一名學生的肩膀：「小鬼，這是什麼玩意啊？」

「超合金？」小鬼瞄了大老闆一眼，不屑地說：「留給你的孫兒玩啦！我們在鬥金絲貓啊。」

「金絲貓？小鬼，別耍我了，這兩隻明明是蜘蛛，怎會是貓啊？」

「哈哈哈哈……大叔，你才別耍我啊，哈哈哈哈……」小鬼大笑：「金絲貓是牠們的別號啊！我叫陳飛龍，難道我又會是一條飛龍嗎？哈哈哈哈……」

金絲貓爲蠅虎科蜘蛛的俗稱。台灣又稱細齒方胸蛛。不織網而擅跳躍，通常顏色鮮艷，性凶猛好鬥。每當兩隻金絲貓相遇時，便會張開雙螯，翹起尾部，進入戰鬥模式。

八〇、九〇年代的香港，不少中小學生以「鬥貓」爲樂。

「小鬼頭，竟敢對我囂張！知不知你們身處的公園也是我地盤？只要我一個不高興，隨時可以把你們踢出這裡！」大老闆厲聲。

「是嗎？我好驚驚啊！不要嚇我啦，我會乖乖的了。」陳飛龍裝害怕，幾秒後又回復原形：「大叔，這個公園是屬於香港政府的，任何人都可以在這裡休憩！別阻著我『鬥貓』！」

大老闆氣炸了肺，卻又回不了話，漲紅著臉。

作弄過大老闆，陳飛龍繼續觀賞這場金絲貓大戰。

戰鬥的舞台上，兩隻金絲貓，一大一小，正在開打。

細小的一隻叫柯博文，屬於陳飛龍。另一隻叫天王星。

柯博文被天王星攻得不住後退，只有挨打的份兒。

「兩隻身型相差太遠，大的必勝。」大老闆。

「大叔，你懂什麼！細菌比你小幾千萬倍，卻一樣可以把你這大塊頭弄至一睡不起啊！大有個屁用！」陳飛龍信心十足：「我的柯博文一定是最終勝利者！」

「你這目中無人的臭小鬼太可惡了！我要挑戰你！我要跟你對賭呀！我買大的打贏！」大老闆大吼：「你輸了要向我跪地道歉，我輸的話請你飲維他奶（注1）食珍寶珠（注2）！」

「維他奶？珍寶珠？哈！」陳飛龍冷笑一聲，斜睨大老闆：「留給你自己宵夜吧。大叔，我炒閃卡起家的，想跟我賭？可以，一百元啦！夠不夠膽？」

「好！就跟你賭一百！」

「嘿嘿，大叔，你準備賠錢啦。」

戰鬥繼續，體型比柯博文大了一截的天王星壓向對手，雙螯一揮，竟將柯博文的一螯弄斷。

注1：維他奶（Vitasoy）是香港家喻戶曉的豆奶（豆漿加乳固體）飲品品牌，自一九四〇年開始在香港生產，生產廠房遍及中國大陸、香港、澳洲和新加坡，行銷全球四十個國家。

注2：即加倍佳（Chupa Chups）棒棒糖。

「哈哈哈……折了一臂，如何打下去？小鬼，你的柯博文敗定了！」大老闆全情投入，握拳笑道。

「戰鬥還未結束，說不定柯博文會反敗爲勝！」陳飛龍振臂打氣：「柯博文，我知你一定可以戰勝的，別氣餒，加油！」

「做人樂觀一點不是壞事，但太過樂觀，很可能會換來極度失望……」

話語未畢，大老闆的神情便來個180度大轉變，只因兩貓之戰峰迴路轉，本來處於劣勢的柯博文，突然上了電，連環進擊，對天王星狂攻猛打，最後一招飛撲，竟將比牠巨大的對手打至反肚，戰死當場。

戰敗對手的柯博文，亦再沒有任何動作，靜靜地死去了。

「柯博文，天王星被你殺敗了，你爲我打了一場漂亮的勝仗，你的犧牲是值得的！」

「柯博文明明處於下風，何以突然龍精虎猛KO對手？最後又何以會與世長辭呢？」大老闆大惑不解，非常懊惱：「論身型論體力，天王星也在柯博文之上，爲何會被一擊殺敗？」

大老闆搜索枯腸，很想知道柯博文的死因。只因他覺得兩貓之爭，跟他和哥哥的戰果，有點相似。

「想知道答案嗎？」陳飛龍伸手：「相金先惠，格外留神。」

大老闆願賭服輸，拿出一百元鈔票：「說吧！」

「大叔，有沒有聽過迴光返照？」陳飛龍一手取下鈔票。

「當然有啦！」

「柯博文剛才就是迴光返照啊！」

「迴光返照……」大老闆突然跳起身，雙目發光，像發現了新大陸：「我明白了！當日龍捲風沒有乘勝追擊，只因出完那一拳之後，已經再沒有轟出第二擊的力量！我眞笨！怎會現在才想到？」

「自言自語……不知是不是從精神病院逃出來的，還是別靠他太近。」陳飛龍心道。

大老闆放下一張千元大鈔，逕自離開：「小鬼，給你幫柯博文風光大葬！」

「嘩！嘩！嘩！發達了，可以瘋狂購買龍珠PP卡了！」陳飛龍舉起鈔票大叫。

得知眞相，大老闆已迫不及待展開其一統江湖的夙願。

大老闆任命王九爲「暴力團」的大將軍，領導精兵引爆江湖戰火，並下達命令：順者生，逆者死。不肯就範歸順，一律遭受猛襲。

他就如暴君秦始皇，爲一統六國，不惜將異己全部除之，以求安枕無憂，永霸天下。

「暴力團」的勢力本已很龐大，加上實力超強的王九親自上陣，旋即以破竹之勢攻占吞奪了多個城池。

所向披靡的戰將，正以君臨天下的姿態肆虐江湖。

江湖告急，全城黑道人人自危，風聲鶴唳。最令人擔憂的是，大老闆在這場江湖風暴中，一直也隱伏幕後未曾出手。

誰都知道，大老闆統一江湖只是時間問題，不久之日他將會黃袍加身，成爲香港開埠以來眞正獨霸天下的黑道皇帝。

大老闆的霸業巨輪正向江湖急速滾動，所到之處，血流成河、屍骨無存。沒有人可以反抗，也沒有人可以逃亡。

他們只有等待被輾過的厄運。

又或者，等待奇蹟的降臨。

奇蹟，眞的會在世上出現嗎？

會！只要你有勇氣、有夢想！

城寨裡，正有一個充滿勇氣和夢想的人，努力在創造奇蹟。

大老闆圍城事發生後一個月。

凌晨四時。

一個虬髯漢子在深宵的城寨一路跑步，一路揮拳。

每出一拳，黏在手臂上的汗珠也被扯離表皮，往外飛射。足顯漢子揮出的每一記拳力都又急又猛。

接連十多記直拳後，漢子擊出一記右勾拳。

勾拳凝起了拳風，衍化成一道實形的拳頭「氣勁」，朝漢子身旁的牆壁上直削過去。

拳形「氣勁」凸起的指骨磨擦牆身，竟在堅固的石壁上劃出四道坑痕。

不就像是火兒初到城寨時，所發現到的坑痕？

——那是哥哥留下的歷史印記！

漢子的修爲竟可接近哥哥的境界？城寨不會無故來了個厲害人物，除非，他本來就是城寨裡的一份子。

他一直跑，一直跑，直至晨光初現，天色開始泛起魚肚白。人，便在城寨消失，沒入黑暗。

清晨六時。

Peter哥如常第一個回到冰室開鋪。

他還未拉開鋪子大閘，便已嗅到了一陣熟悉的味道。

步入鋪內，他一眼便看見大廳的圓桌上放了一碗飯，一碗久違了的叉蛋飯。

飯碗底下壓著一張字條，上書五個秀麗的中文字：「老闆請品嚐」。

飯香撲鼻，嘴饞的Peter哥忍得住口才出奇，他徒手拿起一片叉燒咬了一口。

不吃猶自可，一吃，即張大喉嚨吼出來：「好好味呀！」

Peter哥猛把一片片叉燒放入口中。

「Shit！好好味！真的好好味！比以前的更好味呀！世上怎會有如此好味的叉燒！

Damn it！」

吃得渾然忘我的Peter哥並沒察覺到身後來了一人。

「真的如此好味？」身後的人說。

Peter哥沒理會身後的人是誰就答得順口：「好味到停不了口！」

「你有沒有讀過書？你懂不懂中文字？」

「我中文水準非常高，作文每次都得A！會考根本無難度。」

「那你看不到字條上的字嗎？爲何還要偷吃我的東西？」

Peter哥轉身望向身後的人，口震震說：「老……老闆……」

阿柒看看那碗只餘下一片叉燒的叉蛋飯道：「幸好還有一片。」

Peter哥醒目地把一雙筷子，遞給阿柒：「老闆請享用。」

阿柒夾起那片叉燒放入口中，合起雙眼，慢慢感受那味道。

咀嚼了好一會，阿柒才張開雙眼說：「阿柒冰室叉蛋飯，今天開始，載譽回歸！」

Peter哥興奮大叫：「不用減薪了！」

同一個早上，信一、藍男、震威以及AV門前都分別放了一個保溫飯盒，裡面同樣盛滿了一碗叉蛋飯。

眾人都因爲飯香而從酣睡中醒來。

不同性格的人，吃下這一口飯，生出了不同的感受。

思想簡單的人：震威

只覺飯很好吃，但因爲沒叫外賣，誤以爲別人將外賣送錯到自己的家，所以邊吃邊有點內疚。

一諾千金的人：信一

一吃便知道是來自阿柒冰室的招牌飯，立即想到爐房重開，火兒是否出了關？

外冷內熱的人：AV

看見放在門外的叉蛋飯，想起了當日火兒爲自己送外賣的往事，深信這碗飯也是由火兒送來，內心的熱火再次湧起。

喜歡火兒的人：藍男

還未吃下一口飯，藍男已經感動得淚如泉下，因爲她堅信這碗飯是火兒親手爲自己而做。這一個月讓她朝思暮想的男人已經大器晚成，出關了！

名滿天下的叉蛋飯載譽歸來，冰室這一天的單日營業額比起過去一個月還要高，

Peter哥忙個不停，到打烊才有餘暇問阿柒一個問題。

「老闆，今早的飯是誰留給你的？爲何他能做出這超凡味道的叉蛋飯？」

「你比我想像中還要蠢，用你的豬腦想一想答案吧。」

Peter哥苦惱地思索著，還是想不出答案。

「雖然我生肖的確屬豬，但我眞的想不到是誰啊。」

「眞不明白爲何當日我會錄用你。」阿柒點了根菸：「這段日子，誰不在舖子裡？」

「火兒！」Peter哥恍然大悟地說：「我知道了！今日你進出爐房不消一會便有叉蛋飯拿出來，這都是由火兒所做的！」

阿柒不作回答，默認了令人振奮的答案。

3.8 尋找熱血的奧義

火兒日夜都在爐房修練，莫說刮鬍子，就連澡都好久沒有洗。

這天，他一早把身上的污垢洗清，把鬍子刮淨，決定要正式出關。

凌晨五時三十分，火兒打開了店門，日光照在臉上，只見他明顯比一個月前瘦削了點，減少一分稚氣，添了一分滄桑。

踏出鋪子，火兒就如昨夜一樣，沿著城寨彎彎曲曲的窄巷，一路跑著。

其實早在一星期前，火兒已經能做出阿柒冰室的叉蛋飯，不過他還未找著能喚醒熱血的元素，也就繼續留在爐房裡面思考。

只是，足足一星期仍沒任何進展。

他也總不能一直待著，因爲從報章中連日來停不了的有關血染江湖的報導，他知道大老闆已經發動戰爭，外面正歷經腥風血雨。

火兒預計大老闆很快便會攻入城寨。他答應過哥哥要代他出戰大老闆，力保街坊安全，讓城寨順利過渡清拆。

他絕不能失信故人。

在爐房待了一個月的火兒需要舒展筋骨，於是在出關第一天就選擇了跑步。

他不停地在城寨裡跑了一遍又一遍，跑到天也亮透，店鋪全開也沒停下。

第四次經過了信一的賭館時，身後響起一聲狗吠。

「汪！」

不用回頭望，火兒也能認出是牠的吠聲。

小白趕上來，與火兒平排而跑。牠不時仰頭望向火兒，像在為久別重逢的老友打氣！

火兒低頭向牠報以一笑，表示謝意。

「汪！」

小白出現，又怎少得了牠的主人。

「哼！」

藍男跑到火兒身旁冷哼了一聲。嘴角卻出賣了她，不由自主地微微上彎。

相思多時的火兒終於出現，任何詞彙都不能夠形容藍男刻下的喜悅，但口硬心軟的她卻沒有撲進火兒懷裡來個熱情的擁抱，也吝嗇一句半句甜言蜜語的情話。

——只是微笑。

甜甜的微笑。

她與牠，陪同火兒跑著，給予他鼓勵和力量。

然後，還有他——

「狗糧養的，終於現身了嗎？」

一諾千金的信一。

他們笑著轉入一道巷子，在路口上遇到了震威和星仔。

揹著書包的星仔看見火兒，大喊：「是火兒哥哥啊！」

就這樣，火兒的跑步團隊又加入了兩位成員。

不一會，又有兩人加入。兩個不屬於九龍城寨的人。

火兒不由得有點驚訝：「哦？」

是十二少和吉祥。

加入的朋友愈來愈多，這種不用言語的支持，叫火兒深深感動。

不知爲何，火兒總覺得大伙兒跑步這一幕似曾相識，好像在什麼地方見過，一時間又想不起來。

一間士多（注）內，Peter哥送完外賣，順道在泡士多妹。

Peter哥笑吟吟說：「Mary，我今晚請妳看電影好不好？」

「看什麼電影啊？」叫Mary的爆牙士多妹說。

注：取英語「Store」之發音翻譯而成，又稱辦館，即「販賣部」，是指在缺乏商業設施的地方所設置的小型商店，通常都歷史悠久或開業多年。

「當然不是扑濕瑪莉啦！嘿嘿嘿。」笑來淫得很的Peter哥續道：「《賭神》今晚上午夜場，有沒有興趣和我一起去看啊？」

Mary吃著單春蛋治說：「我也很想看啊，不過一定買不到票啦。」

「那也不一定的，嘿嘿嘿。」Peter哥笑得更淫更賤，從口袋取出兩張戲票，裝出賭神海報中周潤發拿著撲克的動作：「看賭神，學做人！今晚午夜場的戲票已在我手上啦。」

Mary喜道：「Oh～Peter仔你眞棒呢！」

這時，士多內的手提卡式盒帶收音機，傳來了一首經典的電影配樂。

Da La Dai　Dai La Da

那是電影《洛基》（Rocky）系列的主題配樂〈Gonna fly now〉。

「《洛基》這齣電影我是很喜歡的，當年我看完這齣戲後，還到過拳館練拳。」Peter哥對著空氣出拳。

「是嗎？」

同一時間，火兒的跑步團隊剛好經過士多門前。

這一幕情景，配合收音機播出的〈Gonna fly now〉，看得Peter哥全身沸騰。

「Shit！簡直跟洛基在費城跑步的經典情節一模一樣。」

那堪稱史上最熱血的電影場面竟活現眼前，就算老油條Peter哥，也被這一幕打動，如觸電般冷顫打個不停。

Mary眼看奇怪：「你幹什麼不斷顫抖，發冷嗎？」

「妳懂什麼！是熱血啊！」Peter哥衝出士多：「不跟妳說了，今晚國際戲院大堂等。現在借收音機一用。」

Peter哥提著收音機追出去，加入大隊。當音樂傳到火兒耳中，即令他毛管豎起，熱血流動。

在這個年代，沒有一個熱血男兒不喜歡洛基這個人物，他的精神創造了奇蹟、成就了傳奇，更為費城燃起了希望之火。

火兒也要以洛基精神，守護著九龍城寨的街坊！

他們的腳底踏進地上水窪，水花四飛。雖然被濺起的都是污水，但場面卻很勵志。

火兒帶頭跑上了大廈的階梯，一口氣走到天台上。站在九龍城寨之巔，耀眼太陽照射到臉上，令他有一種重生的感覺。

身旁的一群同伴知己，還有〈Gonna fly now〉那首音樂，叫此刻的他充滿希望，亦讓他知道自己並不是一個孤島。

我們，振臂而起。

一切，不消說了！

這一幕情景、這一首音樂，終於令火兒領悟到喚醒熱血的奧義。

「乾杯。」

除了星仔外，剛才一起跑步的人都在冰室舉杯慶賀火兒回歸。

火兒舉起一杯凍檸茶說：「多謝大家支持。」

「怎麼只有你一個出關，哥哥呢？」震威問。

「哥哥去了另一個地方，暫時不會回來。」

阿柒曾說過，未幹掉大老闆之前，絕不能把哥哥的死訊外傳，所以現階段火兒還不可以公開眞相。

爲免震威繼續追問，火兒轉換了話題：「對了，十二少，你和吉祥怎會來到城寨的？」

「這幾星期『暴力團』發狂似地攻城掠地，『架勢堂』亦不能幸免，成爲打壓目標之一。Tiger叔下放權力給我，任由我調配『公司』的兵馬。我已作好決戰的準備，所以入城找你共商對策。」

「你來得眞合時宜，因爲我已想好了反擊計畫。」火兒：「我閉關的日子每天都有看報章新聞，得知『暴力團』除了不斷擴展社團版圖外，還積極地從事『炒籌』活動。」

八〇年代，香港經濟及樓市急速起飛，樓宇未落成便可售賣「樓花」，而「樓花」又可以在市場上自由出售。

轉售一個中小型單位的「樓花」，動輒可以賺十多萬元。故此那年代一旦有新的樓盤開售，都會出現大量購樓人潮。

除了買賣「樓花」可以賺錢，輪候排隊的位置也有炒賣價值。每當有新盤出售，地盤外總會出現人龍，他們大部分都是「炒家」。

「炒家」會把輪得的位置用作「買位」牟利。所索金額不下於一至三萬元。據悉曾經有一個豪宅的「樓花」輪候位置，成交金額更高達港幣一百萬元！

這種無本生利的勾當，是爲「炒籌」。

「『暴力團』一黨獨大，『炒籌』成了他們的獨市生意，短短日子賺個盤滿砵滿。」火兒邊吃著熱狗邊說：「我知道觀塘有一個即將開售的新盤，明晚我們就出動，攻他們一個措手不及。」

Peter哥插嘴笑道：「你這小子想順道撈一筆！哈哈哈，眞有你的！」

清楚火兒性格的人都知道他做事絕不會以利益著想，所以在場除了Peter哥之外，無人會有這種想法。

信一瞟Peter哥一眼，然後問道：「火兒，我們不是應該主攻『暴力團』的地盤嗎？」

「『暴力團』一個地盤有多少人？」

「大約二至三十人。」

「那我們一晚可以攻『暴力團』多少個地盤？」

「三至四個。」

「即是說，我們一天最多只能動他們百多人。」火兒一笑：「但他們擺放在樓盤地盤的人馬，少說也有幾百人！」

十二少：「你想把他們一網打盡？」

「Yes！我要用最少的時間，擊倒『暴力團』最多的人馬。」火兒滿滿自信地說：「此舉不但要破滅『暴力團』的無敵形象，還要把我重出江湖的消息——公告天下！」

信一拍拍大腿：「果然是大人物幹大事情！夠膽識！這一仗你需要多少人儘管說出來。」

十二少接道：「我也隨時可以助戰。」

火兒笑道：「人強並不需要馬壯。明日之戰，只需信一、AV、十二少、吉祥、加上我五個人便足夠了。」

任誰聽到了火兒的話都會被嚇得目瞪口呆，就算十二少和信一此等江湖名將，也不約而同露出震驚的神色。

信一雙眼更像《IQ博士》的則卷千平（注）般凸了出來：「五個人？我們是去打仗，並非打籃球啊！」

信一的卡通模樣好不搞笑，藍男忍不住噗哧一聲爆笑。

信一把眼睛瞪得更大，激動地對藍男喝道：「我們正在商討江湖大事，妳笑什麼？」

「嘩！原來你的眼可以瞪得這樣大……」藍男摀住嘴，雙眼彎成香蕉一樣：「對不起，我不想笑的……但你的表情眞的很像卡通片的角色，很誇張，很搞笑啊！噗……」

信一被氣得七竅生煙，滿臉通紅。

火兒白了信一一眼，嘴角含笑，故意語帶輕視地說：「你沒膽的話可以留在城寨啊。反正少你一個，我們四人搭的士（TAXI）時更方便。」

變成關公臉的信一：「……」

「噗……」藍男又再偷笑。她的臉跟信一一樣紅，不過是因爲忍笑之故。「以後你不用吃飯，轉吃香燭啦，因爲你好像關二哥啊！哈哈哈哈哈！」

「你們一唱一和是在夾擊我嗎？」信一光火地指著火兒：「你這狗糧養的當我是什麼人？我天不怕地不怕，區區幾百人便想要我退縮？你簡直侮辱了我的人格，侮辱了我的信用啊！」

信一最受不住激將法，被火兒這一說，就算死也要去。

火兒翹起嘴：「事先聲明，如果遇到四人的士，你要自己搭小巴啊。」

信一怒得漲紅了臉：「行了！」

火兒淡然一笑，望向十二少，等待他的答案。

十二少堅定地說：「我信你。」

注：即鳥山明動漫畫作品《怪博士與機器娃娃》中的則卷千兵衛博士。

吉祥聳聳肩：「我膽正命平，生死可相從！」

眾人都答應參戰，加上還未露面的AV，這五人即將在江湖上掀起一場暴風狂潮。

火兒出戰大老闆，作爲他的紅顏知己，藍男理應感到緊張，但她卻表現得甚爲輕鬆，不但沒有半點擔憂，而且還比平日露出更多的笑意，像對火兒此行完全不當一回事似的。

那全因爲藍男清楚，火兒不愛逞英雄，也不會隨便拿兄弟的生命作賭注，他既然作出如此決定，那就表示他對自己現在的實力信心十足。

她還記得一個月前，火兒被迫走出城寨時，有一種視死如歸的覺悟。現在的他，卻很淡然、從容，甚至一副胸有成竹。

她相信他。既然如此，還有什麼好值得擔心？

不知由何時開始，兩人的心意，已然相通。最了解火兒的，從此以後，就是藍男了。

誓師大會結束，火兒與信一來到AV的天台屋。

「醫生說，今日可以拆繃帶了。」AV開始解開臉上的繃帶。

在八〇年代的香港，要找個好的整容醫生著實不易，信一幾經轉折，最終也不負火兒所託，重金禮聘了一位韓國醫生。

AV的面具背後，不但刻上極盡侮辱的文字，而且還埋藏了一段刻骨銘心的慘痛歷史，每次看見自己這一張臉，那個從未結疤的傷口就會在體內的血管爆裂開來，刺痛著他每吋神經。

AV的人生，有如進入了無間地獄，靈魂受盡無止境的煎熬和折磨。他沒有勇氣赤裸裸地把那傷痛暴露在人前。

繃帶逐層拆下，火兒、信一屏息以待，比AV還要緊張。包裹在臉上的繃帶，全數拆下。AV正眼望向火兒。

家中沒一面鏡子的AV，從沒想過可以回復昔日的模樣。可當他看到了火兒的滿意表情，就知道，自己的一張臉，得救了。

AV雙唇抖震，眼眶溢滿淚水，久久未能說出一句話。他強忍情緒，不想在人前流淚。火兒卻看透他的內心充滿了感激之情。

AV沒有道謝，火兒和信一也沒話要說。只因，義本無言。

3.9 最重要的小事

別過AV，已近黃昏。火兒應藍男之約，來到了一個月前他們賞月的公園。早到了的火兒，爬上一個立體方格攀登架的頂部。攀登架又名馬騮架，由一條條交錯的鐵柱組合而成，像一個巨型的透視扭計骰，是八〇年代公園的經典玩意。

他坐在廿多呎高的架上，看著夕陽西沉的日落景色，心情相當平靜。

「如斯美景，最適合唱歌。」火兒自言自語地說。

於是，他便哼起一首歌，一首屬於張國榮的金曲。

爲你鍾情　傾我至誠　請妳珍藏　這份情

從未對人　傾訴祕密　一生首次盡吐心聲

半年前阿柒在冰室裡購置了一台卡拉OK給員工下班消遣，火兒從此愛上這新興玩意，而且更發現自己在歌唱上頗有天分。每日收工他都會用上一小時練歌。

他並非發明星夢想參加新秀歌唱比賽，而是希望在某年某天，一個筵開百席的喜宴上，爲她獻唱這一首〈爲你鍾情〉。

火兒愈唱愈投入、愈唱愈響亮，連藍男和小白來到了也不知情。

唱到中段副歌，火兒合起了眼，簡直到了人歌合一的忘我境界。

對我講一聲終於肯接受　以後同用我的姓

對我講一聲「I do! I do!」願意一世讓我高興

啪啪啪啪啪啪啪啪啪啪啪……

藍男在馬騮架下仰望火兒，聽他唱得蠻有感情，也眞的覺得好聽，忍不住爲他鼓掌。

「汪汪！」小白也以口代掌，給他讚賞。

火兒從自我陶醉中回到現實，有點不好意思：「哦，妳怎麼來了也不出聲？」

「想不到你的歌聲這麼動聽！嗓子還跟Leslie（注）有點相似。」藍男攀上馬騮架：「聽說你每日都在苦練這首歌。」

「妳怎知道的？」

藍男坐到火兒身旁，調侃：「是Peter哥說的。怎麼啦？想加入娛樂圈發展嗎？」

火兒漲紅了臉：「別傻啦。」對著藍男，還是靦腆。

藍男把一個飯盒遞上：「給你的。」

「暖暖的，什麼啊？」

「用飯盒盛著的當然是食物，難不成是穿梭機嗎？」

注：張國榮的英文名。

火兒連忙打開飯盒，看見裡面的東西，雙眼閃閃發光，活像個發現了寶物的小孩子似的。

「嘩！」火兒喜孜孜：「滷水雞翼啊！在哪裡買的？」

藍男叉腰，負氣道：「不是買回來的，是我親手做的啊！」

火兒狐疑：「妳親手做的？怎麼之前都沒聽過妳會煮東西？」

「我也沒聽過你會做叉蛋飯，那爲何你又會做？」藍男一臉得意：「一個人只要肯去學，沒有東西是不行的。在你閉關的時候我已學會做滷水雞翼了。」

在閉關的日子裡，原來有一個女孩子和他一樣，也在默默地奮鬥。而且是爲了他。

火兒拿起一隻雞翼：「讓我嚐嚐看。」吃了一口，但覺口裡的雞翼，不但沒有滷水味道，反而鹹鹹酸酸的，說是檸檬雞翼還似乎比較合理。

藍男直勾勾地望著火兒：「怎樣啊？」還滿心期待地問。

火兒五官擠在一起：「說實話，不好吃。」酸得嘴都瞇起來了。

藍男瞪大眼睛，眼角竟似潤濕起來。

「不過我喜歡吃！」

藍男哼了一聲，別過臉偷笑。

火兒好不容易才吃光一隻雞翼，把骨頭拋落地面：「老友，我跟你分甘同味啊！」

小白興奮地咬嚼骨頭。

藍男自知雞翼做得不好，但火兒卻硬著頭皮把它們逐隻吃光，內心不禁癢癢的，升起滿腔感動。

她覺得自己很奇怪，竟然覺得開心得有點想哭。她從來不是愛哭會示弱的女生啊！這一點都不符合她的性格設定。於是她抬起頭，吸吸鼻子，倔強地不讓眼淚流出來。

良久，火兒終於把全部雞翼解決掉。

藍男望著火兒的眼睛，很認眞地說：「火兒，你知道嗎，從第一眼看見你，我就覺得你很有親切感，好像認識了你很久。」

「我也跟妳一樣啊！」

她頓了頓，然後一字一字吐出：「我．喜．歡．你！」

大老闆圍城一事，令藍男明白生死有時，歡樂也有時，所以她不再執意，決定主動向自己心愛的人表白。

她露出甜笑：「一年前，我已喜歡你了！」

一年前，正是火兒剛來到城寨的時候。原來那一晚在競技場相遇，藍男已對火兒一見鍾情了。

藍男是個敢愛敢恨的女孩子，終於把心底話毫無保留說出來，她覺得很舒服。

「妳喜歡了我一年……可是，妳知道嗎，我已喜歡了妳，足足十三年了！」火兒輕描淡寫地說，卻不像在說謊。

只是，藍男不明白。「你說什麼啊？」

火兒從口袋取出一個信封，遞到藍男手上：「這個，原本在一個月前我已想交給妳。」

藍男將信封拆開，裡面有一幀發黃了的照片。

照片中有兩個男女小學生，女的束起辮子，嘴角微向上彎，嬌小可人。男的是個大胖子，左手拿著一瓶可口可樂，右手執住一隻吃了一半的熱狗，嘴角還沾有茄汁。

藍男一時反應不過來，再細看一會，立即以手心搗著嘴巴，露出一張難以置信的神色。

她望望照片，又望望火兒，發呆了好一會才吐出一句話。

「你是……陳靜兒。六年C班的陳靜兒！」

火兒眞正的名字，竟如此女性化。

「妳終於記起我了。」

藍男怎能相信，照片中的「死肥仔」就是眼前的火兒。

「眞的是你？」

「眞的是我。」

眺望正在下山的鹹蛋黃夕陽，火兒的思緒飄到從前。

「我第一次看見妳，是小學一年級，那時我總在想，爲什麼妳那張小小的臉，會掛有一雙那樣又大又漆黑又水汪汪的雙眼？機靈靈的、圓碌碌的。由於妳是我的鄰班同學，所以一直也沒機會跟妳說話。直到升上六年級那年，終於跟妳同班，那時候我真的很開心。每一天能偷偷望妳一眼便覺得很滿足。不過說到真正喜歡上妳，卻是一次偶然的接觸。

「那一年的冬天，天氣很冷。午休的時候，我正在教室裡吃便當，鼻子卻不靈光的打了十幾個噴嚏，弄得一臉都是鼻涕，身上又沒紙巾，非常狼狽，同學都沒一個肯伸出援手，只不斷在取笑我。

「在我感到最無助的一刻，有人爲我遞上手帕。」

藍男其實不問也知道：「那個人是我？」

「嗯。我還記得當時妳拿著一瓶熱維他奶，臉上泛起了一個如天使的笑容。」火兒紅著臉：「就是這一笑，叫我眞正喜歡上妳。」

藍男有點不可置信：「這麼一件小事，你竟然一直記著。」

「雖然這是很小的事，但對我來說卻是十分重要。妳要知道，當時的我是個笨頭笨腦、一百八十磅的胖子，班上根本沒有同學想接近我。雖然我和妳說話也不多，但妳沒有刻意疏遠我、玩弄我，對我來說已非常滿足了。」

「既然你喜歡我，爲什麼不跟我說？」

「哈，那時我還不過是小學生啊！而且我有自知之明的，怎會妄想可以跟班花在一起。」火兒：「這一張照片是那年學校畢業旅行時所拍的，也是我和妳唯一的合照。」

「你一直保留著它？」

火兒點頭。

「那麼……這十多年來你眞的沒有跟其他女生交往過？」

「沒有，因爲我始終沒有再遇上一個令我有心跳感覺的人。」火兒情深說著：「喜歡一個人，只要想起她就會笑出來，遠遠看見她就會很緊張。打電話給她時，每撥出一個號碼就會心跳加快。爲什麼我會知道呢？因爲小學畢業後，我和妳派到不同的中學，我試過好幾次打電話給妳，明明想到很多話跟妳說，但當電話接通了後，腦海卻突然變得一片空白，所以還是掛了線。」

「怪不得我以前常常收到一些沒聲音的來電，原來是你！」

如果，你們也曾接過一聲不響的來電，或許，在電話筒的另一端，可能是暗戀你的人啊。

「除了妳，這些年來我也沒試過掛斷別人的線了。」

「長大以後，你又怎麼不找我？」

「中學畢業後我就開始了黑道生涯，我怕會嚇怕妳所以沒膽找妳。直到有一晚，我心血來潮打電話給妳，但老是不能接通，我想妳或許已經更改電話號碼，又或者已經搬走了。」火兒莞爾：「那令我失落了好一陣子，沒想到最後眞的能在城寨再遇到妳。」

緣分這東西的確奇妙，它會隨時在你的生活中出現，卻又捉不到、留不住。

天下的女孩子都愛玩緣分遊戲，如果你證明得到，原來你倆兒時已有羈絆，擔保她一定會更加喜歡你。藍男畢竟也是個女孩子，所以她也被深深取悅了。

她脫下手上的哈哈笑手錶，說：「把手伸出來。」

火兒聽話地伸出手，哈哈笑手錶便套牢在他的手腕上。

「多漂亮啊。」

望著跟自己一點也不相襯的哈哈笑手錶，火兒想了想，然後說：「這隻手錶對妳來說是否有很大的意義？」

「嗯。它是我老爸在我八歲時送我的生日禮物。在我生日的隔天，老爸便沒有回家，離家當晚，他被仇家殺死了。」藍男望著手錶：「手錶上笑容跟老爸很相似，它就像我肩上的天使，一直守護著我。現在，也會守護著你。」

「火兒，萬一你受了傷害要倒下來，這個小天使便會輕聲喚著（藍男提高了嗓子大嚷）：『你這個他媽的非洲和尚，爲了我快站起來！』因爲，我喜歡你！」

「說髒話的小天使，我也喜歡妳。」火兒摸著藍男的秀髮說：「我答應妳，無論任何情況，我也會爲了妳撐下去！」

藍男難得柔情笑了笑，手卻握起拳頭，一揮而出，輕輕打在火兒的胸口上。

火兒看著手錶上的哈哈笑圖案，輕輕說：「藍男，我想妳並不知道，我和這隻手錶，其實也曾有過一段小小的故事。」

「眞的嗎？」

火兒笑而不語。

眞的。而且啊，那就是我喜歡了妳十三年的證明。

哈哈笑臉若眞的有眼，它絕對可以作證。

——時光，流轉到十三年前。

3.10 心跳回憶

記得那一年，我跟妳，十一歲。

由於我暗戀著妳，所以對妳的一切也很留意。其實就算不用多留意，也會輕易發現這隻哈哈笑手錶對妳來說應該相當重要，因爲妳經常會定眼望它一會，然後就會拿出手帕抹淨錶面，顯得珍而重之。

某日放學途中，我遠遠看見妳被一群少年圍住，他們搶去妳的手錶，然後把妳推倒地上。妳沒有追上去，只一動不動地坐在地上。妳雖背向著我，但我知道妳一定很傷心了。

我認得他們是黃大仙一區的小惡棍，經常也在邨內某個單位裡聚合。於是我下定決心，無論怎樣也要爲妳做點事。但以我一人之力，又沒有背景，根本不可能和他們力拚。所以我便把所有積蓄拿了出來，只想用錢贖回妳的手錶。

我帶著戰戰兢兢的心情，踏上大廈的階梯向他們的巢穴進發。明明怕得要死，卻又不斷對自己說：「我又不是來生事，不過是用錢來買回那隻手錶，他們應該不會爲難我的……」

終於來到單位門前，我站了好一陣子，還是提不起勇氣敲響大門。那時候我才知道原來自己比想像中更懦弱。就在我進退維谷，正不知如何是好之際，屋裡面傳出一陣陣嗚咽哀叫，於是我小心翼翼地從虛掩的門隙中偷看。

我看見一頭大約三、四個月大的幼犬被那群小惡棍圍住。牠頸項被纏上一條麻繩給垂直懸吊起來，只能靠兩條後腿站立。

當時的我眞不敢相信，只有十來歲的少年，竟會幹出這人神共憤的惡行。如果我還用錢去贖回手錶，就是姑息養奸、助紂爲虐！

這時，其中一人高舉木棒，作勢砸向狗兒，我看得熱火湧起，不理他們人多勢眾，衝到裡面護在狗兒身前，以手臂擋下這一棒。誰知木棒上嵌了一口釘子，我的右臂登時掛彩流血。妳看，這條長長的疤痕，直到現在還很明顯啊。

給我這一棒的人，他的手腕還戴著妳的手錶，又痛又怒之下，我咬住他手臂，更不知哪來勇氣，把手錶搶奪過來，之後我聽到連串的轟擊聲響，身體開始痛起來。

他們在我身上拳打腳踢，弄得我死去活來。我已記不起受了多少記重擊，只知在我意識漸感模糊之際，突然有十多人衝了進來，他們手執壘球棒，把惡棍們打個落花流水。

其中有一個十三、四歲的少年道：「這班狗娘養的找死了，竟敢惹怒藍男，給我打！」

我不知道他是誰，但他們既然是來幫妳，我就可以安心了。

脫險後，我隨即解去小狗頸上的繩索，牠好像很想向我道謝，對我嗚嗚地叫著，還不停舔我臂上的傷口。

那少年走到我面前：「小子，你為什麼會被他們痛毆？」

我沒有回答，反問他：「你認識藍男？」

「當然！」

我把手銬遞上：「請你交給她吧。」

「原來你是為藍男而來的！」少年把壘球棒扛在肩上：「就你一個人？」

「嗯。」

少年翹起拇指：「好夠膽識的小鬼。」

「請不要告訴她我曾來過。」

「看不出你蠻有義氣。」少年豪氣地說：「好！肥仔，我喜歡你！他日你有事要我相助，即管來找我。我為人最講信用，說過的話，一定做到。」

雖然這樣說，但他並沒有留下姓名。

我摸著狗兒的小頭：「狗仔，我要走啦，你自己要好好保重，不要再落入壞人手上。」

「汪！」

狗兒吠了一聲，像是聽得懂我說的話似的，之後我便離開了。

故事說完，火兒輕輕用戴著手銬的手臂，從後摟抱著一直聆聽沒作聲的藍男，把她拉到懷裡：「想不到十三年後，這隻手錶會由妳交到我手上。」

「還有很多你想不到的東西啊。你猜猜當日跟你說話的人是誰？」

「應該是妳的朋友吧？」

「笨蛋！不是朋友，是我的堂兄啊！」

「信一？」

「是啊！除了手錶外，當年他還帶回來另一樣東西給我。」

「什麼東西？」

藍男視線投向地上的小白。

火兒放開藍男，從馬騮架上逕往地面跳下去：「是牠？」

藍男也慢慢爬下來，緩緩點頭。

「哇！」火兒抱著小白：「小白，你還記得我嗎？」

「汪！」小白吠了一聲，然後猛扯著火兒衣袖。

火兒頓有所覺，扯高衣袖，露出那一道長長的傷疤。

小白擺著尾，舔著他的傷疤。

「哈哈哈哈，你沒忘記我，從我第一天來到城寨你已記得我。哈哈哈哈哈哈哈。」

火兒忘我大笑：「我還以為你討厭我而吠我，原來你是想跟我問好！哈哈哈哈哈哈哈。」

「汪汪汪汪汪汪。」小白搖頭搖尾，像聽得懂火兒的話。

藍男莞爾。原來小白比她還要眼利，牠早就把火兒認出來了。

今天是火兒自出娘胎以來笑得最開懷的一天，除了終於和藍男表明心意外，還與一個失散了十多年的老朋友相認，實在難能可貴。

「汪汪汪！」

「哈哈哈！」

天與地，洋溢著笑聲與溫馨。

第二天。

出城之日，火兒一早來到哥哥的故居，打開哥哥留給他的皮箱，裡面放了一件陳舊的皮衣。

年青時候的哥哥，就是穿上這件戰衣闖蕩江湖。

火兒和震威一家吃過雯雯煮的早飯，便穿起那件戰衣，準備離開城寨，走上戰場。

臨行前，當然要和朋友說些道別的話。

「震威，感謝你這一年收留我，讓我不用露宿城寨街頭。」

「不要跟我說這些話啦！一年前如果不是你，我根本不能還清債務。」震威帶點愧意地說：「其實我也很想跟你去打江山，不過我實在沒有你們的膽識和實力。」

「不用多說，我清楚你爲人，更相信我的好兄弟人如其名，終有一天會聲威震天！只是時候還未來臨罷了。」

震威是什麼材料，他自己怎會不知，但火兒這一句話，卻起了一種鼓勵，叫他感動莫名。

「謝謝你！」

火兒凝重道：「震威，你如果要多謝我，就答應我，替我辦一件事。」

「什麼事？」

震威一直覺得自己虧欠這位朋友，難得有機會爲火兒辦事，震威絕不推辭。

「明晚《他來自江湖》大結局，我眞的很想知道金水和阿芝的下場是怎樣……」火兒捉緊震威雙肩：「所以你記得幫我錄下來啊！」

震威不禁失笑：「你眞像個大孩子！」

火兒轉向雯雯：「阿嫂，妳做的菜最棒，下星期待我解決事情回來，一定要再吃妳的拿手小菜啊！」

雯雯頷首笑道：「你喜歡吃什麼都行。」

震威心想：「一星期？火兒打算以一星期打垮大老闆？」

火兒又摸了摸星仔的頭：「星仔，你想要什麼禮物，火兒哥哥買回來給你。」

「我要超人面具。我要成爲超人，維護世界和平。」星仔伸出拳頭，擺出超人架式：

「火兒哥哥，你也要學超人，打倒壞人！」

童言無忌，星仔的話說中了火兒的心聲。

火兒也伸出一拳，和星仔細小的拳頭輕碰一下：「火兒哥哥答應你，一定會將可惡的壞人打倒！」

火兒從來也不會失信別人，這一趟，他更不會失信於一個小孩子。

今次出征，不誅邪奸誓不還！

—畢業旅行中—

「寫好了，給你。」

跟陳靜兒當了同班同學一年，

好像沒有交談超過十句呢。

於是我隨意寫了：

記得M記得E，記得M, E，記得Me。

然後我想了想，又寫下：保持聯絡。

順手還寫上電話號碼，但我想他絕對不會打來。

「謝謝妳。」他邊吃熱狗邊接過紀念冊。

本來想要走開，但劉老師叫住我們：

「藍男同學，陳靜兒同學，老師替你們拍張照留念吧！」

吓？我跟肥仔一點都不熟絡的呀。

「笑一個，Cheese~~」

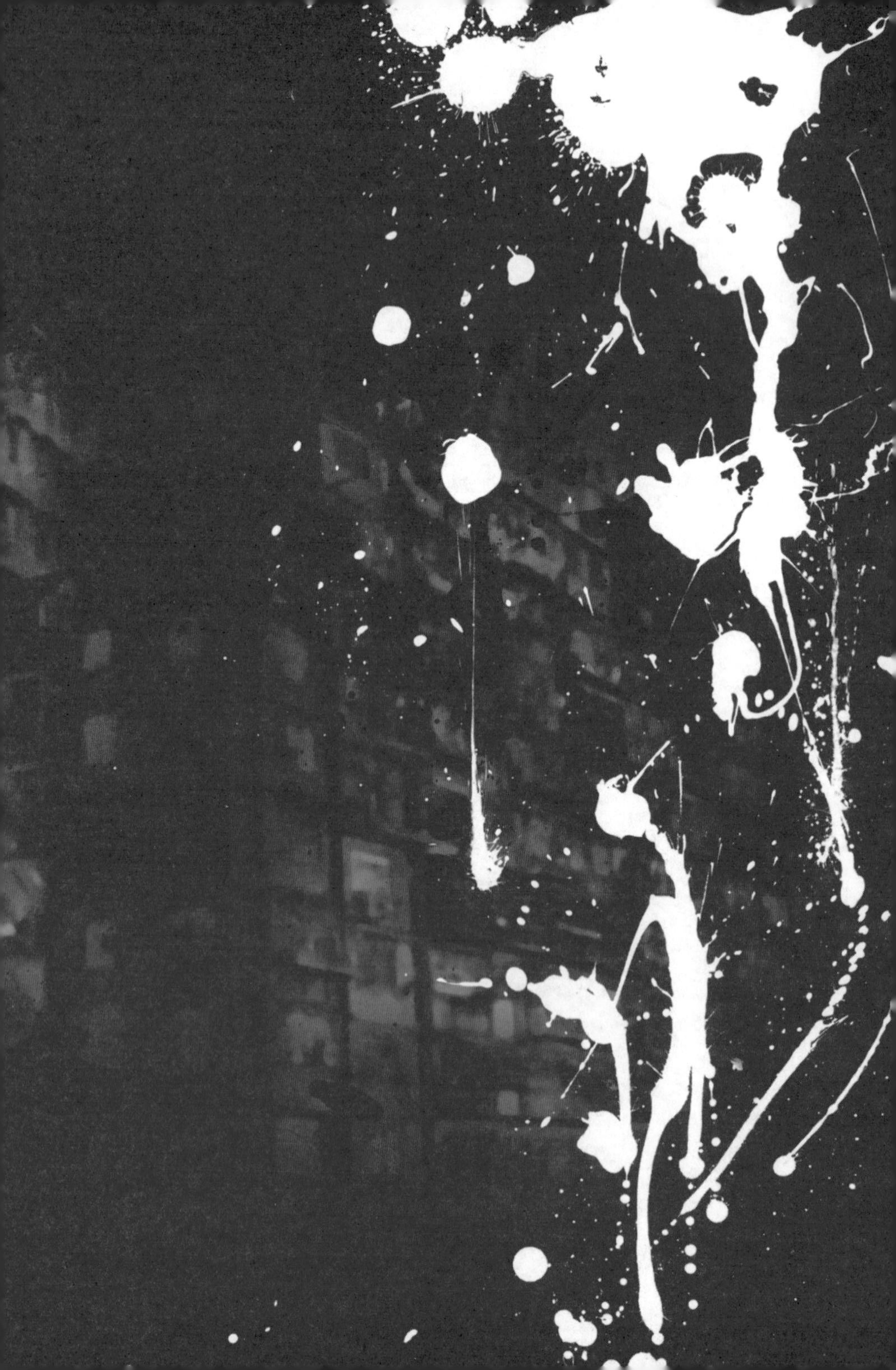

第四章 Chapter Four

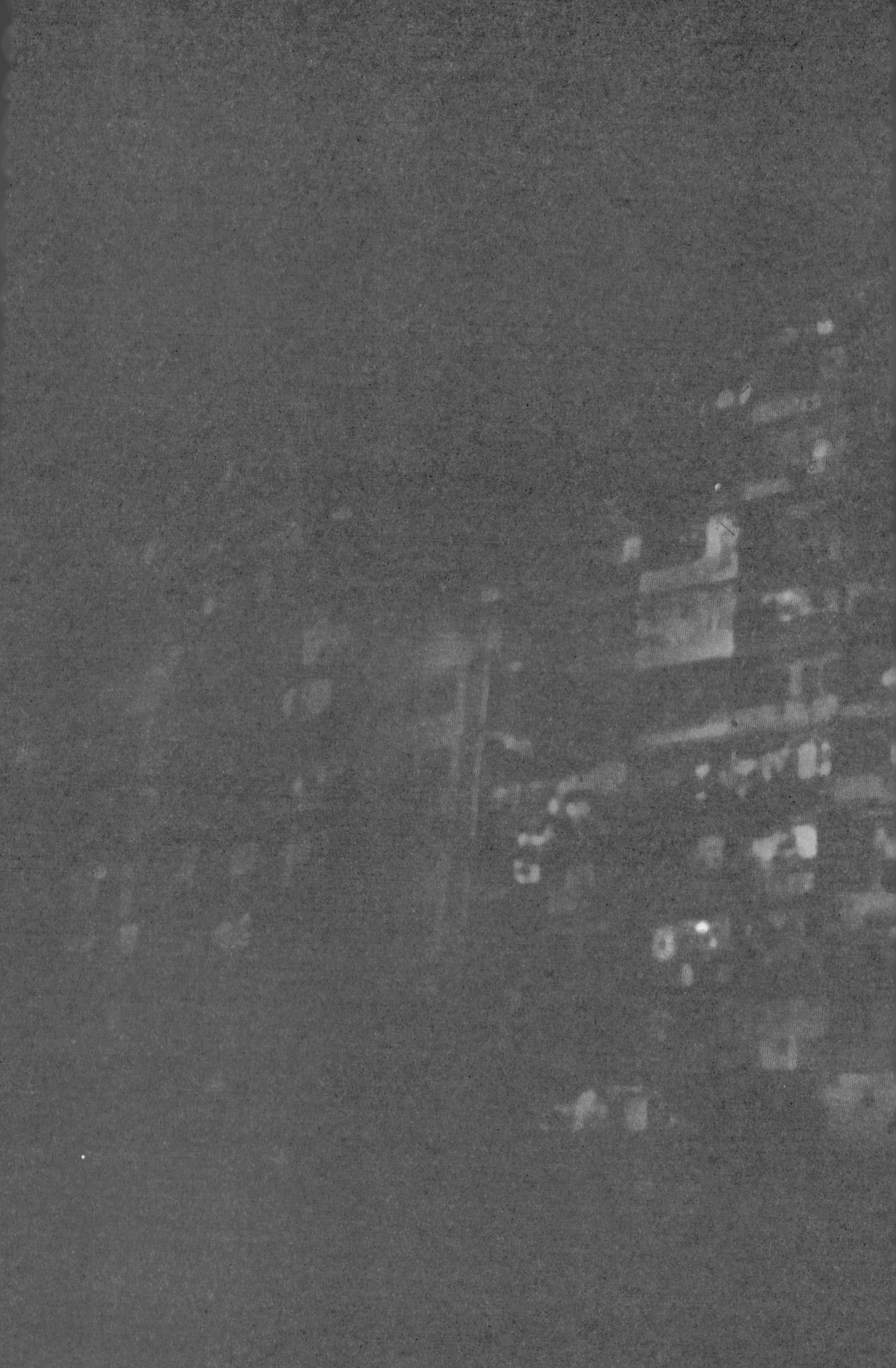

1989

4.1 兄弟

一九八九年，一個動盪的大時代。

這一年，中國人的情緒特別沸騰。

這一年，學運鬧得全國火紅熱烘。

這一年，香港市民冒著颱風舉行了一次開埠以來最大型的百萬人大遊行。

這一年，火兒踏出九龍城寨！

走出城寨，火兒舉目望天，厚重的雲層像被血水漂染了一樣，一片殷紅。吹過來的風也有陣陣血腥的味道，翳悶得令人難以喘息，大有末世來臨的況味。

香港何時變了這個模樣？

難道是國之將亡，必有妖孽？

如果眞有妖孽，他，一定就是大老闆！

信一：「兄弟，我們出城跟『暴力團』開戰，你有多大信心？」

火兒：「本來信心十足的，不過你死跟著來礙手礙腳，信心減了大半啦。」

信一被耍，氣得一肚氣：「枉我當你是好兄弟，和你共同進退，你竟耍我。唉……」

「不要說得那麼偉大，你欠我的。」

「我何時欠你？」

「哈。總之你是欠了我。」

火兒置之一笑，拍了拍信一肩膊。

信一不知道十三年前與火兒有過一面之緣，也忘記了曾經對他的承諾。但信一也沒有追問下去，只回以一笑。

十二少、吉祥和AV似被他倆感染，也笑了起來。

兄弟情義，心照不宣。

晚上十二點。

觀塘某樓盤地盤。

明早九點，這裡的樓盤便會作公開認購，大批市民早已備好糧食、睡袋、牙刷等日用品，日夜與家人輪班等候開售之日。

排頭位的一對小夫婦，早在一星期前開始等候，只望一圓業主夢。想不到，那竟是一場噩夢。

地盤外圍突然來了十數輛旅遊巴士，一群戴上黑手套的大漢從車內走出，隨即以暴力驅趕正在輪候排隊的人，誰不願離開，都被這群「暴力團」門徒打得傷痕累累。

自從大老闆決意一統天下之後，江湖便沒有一刻平靜，「暴力團」以霸者姿態侵吞了無數地盤。長勝紀錄沖昏了這群惡漢的頭腦、泯滅他們僅有的人性良知。窮凶極惡之徒，已經目無王法。

轉眼間，辛辛苦苦排隊的市民已被全數逼走。剛才還在頭位輪候的人，頭破血流，拖著重傷的身軀，由身旁的少婦攙扶著離開。

一名黑手套大漢見少婦樣子不錯，色心頓起，一手將她抓住。

人渣淫邪一笑：「嘿嘿，美人兒啊！」即把少婦壓在地上，不問而知他將要幹下天地不容的禽獸惡行！

少婦的丈夫欲要阻止，卻被其他大漢痛毆至奄奄一息。

按著少婦的人渣笑道：「你想看嗎？我就表演給你看個夠！」

少婦大喊：「放開我！放開我啊！」

「嘿嘿，妳放心啊，待我和我的兄弟享受完畢，我一定會放妳！」

「哈哈哈哈哈哈哈哈。」身後的人傳來大陣笑聲。

「暴力團」的人妄視法紀，就像二次大戰中侵華的日軍禽獸，自以爲高人一等，肆意蹂躪人於股掌。

人渣把少婦的衣衫撕開，然後伸出了醜惡的舌頭，向她的臉蛋慢慢移近。

「放開我老婆！我求你放開我老婆啊！」少夫在無助狂嚎。

「嘿嘿嘿嘿嘿嘿。」人渣笑得更淫更賤！

就在人渣的舌尖快要接觸到少婦之際，他的臉突然被一隻巨靈之掌抓住。

巨掌力大無比，把人渣懸空舉起。

「@#放$%^&*我！」因嘴巴給五指緊鎖，人渣口齒不清。

「放你？你放心，待我把你折磨得不似人形後一定會放你！」巨掌的主人說。

這一句話似曾相識，原來世間眞有報應！

「^%$^救#$%我……」人渣瞄向同門，發出求救訊號。

「暴力團」人馬走前一步，立即被面前那六呎三吋高的巨物瞟了一眼，唬得停在原地。

擁有雄偉完美戰軀的人正是AV。他一生最憎恨的，就是這種恃勢凌人的淫邪之徒，看著人渣掙扎的討厭樣子，AV忍不住加重力度。

「嗚嗚@#$%^」

人渣痛得發不了聲，雙目露出求饒眼神，AV看得更加憤怒，目露凶光地說：「你現在可以感受一下，被你殘害過的人，他們的無助感吧！」

AV五指發力，把人渣的面骨壓得咯咯作響。

「你這種人，死不足惜！」

猛一吐勁，AV將人渣的顴骨及顎骨握碎，十數顆大牙在他口內吐了出來。就算保住了性命，日後也怕面目全非。

解決了一人，AV目光投向前方的人們，如死神般吐出一句：「輪到你們。」

見識過AV的手段，「暴力團」黨羽都被嚇得雙腳發軟、屎滾尿流。AV踏前一步，那班膽小鼠輩便夾著尾巴逃走。

他們如潮退散開，走到街尾轉角又被另一夥人截住去路。

「那麼匆忙，很趕時間嗎？」一語甫畢，說話的男人重拳轟向其中一人身上。

拳力奇猛，給轟中的飛到幾十丈遠，好不誇張。

來者如鋼般的鐵臂，腕上有一隻充滿情感的手錶。

——哈哈笑手錶。

他當然就是火兒。

火兒在人群中又捉住了另一人手臂，身隨腰轉，把他掄起半空往橫一砸，那人便成了人肉壘球棒，將附近「暴力團」的人馬掃開。

給擊中的人，像被爆竹炸開一樣往外彈飛，撞向旅遊巴士。衝力巨大得連車子也給翻倒。

信一看見火兒的驚人臂力，大喝：「哇，你這小子想獨佔風頭！我也要出手了！」

信一出名快刀手，電光石火間已擊倒了十多人。

與此同時，十二少和吉祥也加入戰陣。

他倆的實力本就無庸置疑，上一次大老闆給予的屈辱，二人一直沒有忘記，他們每日不停鍛鍊，爲的就是等待復仇的日子。等了十個月，這一日終於到了！

斬砍切割，遍地鮮血。他們沒取下一條性命，只把暴力團人馬的手筋腳筋割斷。倒在血泊中的人如生魚般啪啪地跳動。既血腥又荒誕。

幸保健全的人，看到眼下情景都嚇得胃部抽搐，一邊嘔吐一邊落荒遁走。場面殘酷得又有點滑稽。

火兒望著地上呻吟的人，對十二少說：「哇，你們眞夠暴力，比『暴力團』的人還暴力！」

「我不把他們的手腳斬下來已很好人！」十二少右臂猛力一揮，把刀鋒上的血揮走。「現在『暴力團』已變成廢人收集站了！」

十二少這個在廟街長大的人，對長輩有禮、對手足有情，是街坊眼中的好孩子。但若哪個不知死活的人惹上了他，十二少準會讓那人見識，什麼是極致暴力。

AV夠霸、信一夠勇、吉祥夠狂、十二少夠狠。

他們每一個都是擁有絕強實力、獨當一面的人物。

這四個人因爲火兒結集起來，成爲友好同伴，組合成一個無堅不摧的超強組合。

洛基曾說過：「人生就像一台跑車，當找到合適的零件，就如同遇到有默契的拍檔，令馬力提升至超乎所想的境界。那時候你就會覺得自己戰無不勝、攻無不克。」

火兒已經找到了他的最佳組件，並以極致馬力驅動這台超級戰車，爲「暴力團」帶來前所未有的巨大衝擊。

火兒的行動轟動江湖，失蹤一年的人物強勢回歸，矛頭直指大老闆。

有人說，火兒簡直引火自焚，等同送死。

亦有人深信火兒是一個實力難以猜測的人，一年前他能在大老闆手上奇蹟生還，今天他一樣能再創奇蹟。

之後幾天，火兒五虎又攻破了「暴力團」幾個炒籌黨，挫滅了他們銳氣的同時，亦把「暴力團」的無敵形象破滅。

本年最大的樓盤即將在新界大埔開售，火兒揚言後晚就會君臨此地，把「暴力團」一網打盡。

大老闆又豈容火兒放任下去，後晚，他將會御駕親征，手刃火兒。

正邪對決，即將在風起雲湧的一夜上演。當大老闆以爲火兒會保留實力至後晚，殊不知他又再出動。

第二晚，火兒分成三組人馬，突擊了「暴力團」多個地區。

第一戰線，由十二少與吉祥帶領旗下門生，強攻港島區地盤。

第二戰線，信一率領「龍城幫」精英，直搗九龍區的夜場。

第三戰線，火兒與AV聯合領軍，橫掃新界店子。

前一晚，火兒以少勝多，這一晚卻改變戰略，兵力空群而出，令敵方防不勝防，完全無法估計他們下一步會使出什麼奇襲。

一夜之間，火兒的團隊攻克了「暴力團」幾個重要陣地，不但狠狠地摑了大老闆一巴掌，還爲「龍城幫」、「架勢堂」打造了強勁的聲勢！

當晚，三組人分頭行事，約定完事後於廟街的神功戲棚會合。

十二少步入戲棚，看見火兒已經到了：「想不到你比我還早。」

「有AV與我一起，轉眼便搞垮了幾個場子。他不喜歡人多的地方，回了城寨。」火兒看著台上的戲：「吉祥呢？」

「我叫了他跟其他手足去輕鬆一下，準備明晚的世紀之戰。」

「十二少，我想你和吉祥明晚留在城寨。」

「什麼？」

「其實我並不打算明晚跟大老闆決戰，我只想引蛇出洞，把他引出果欄，好讓我進去救人。」

「救人？」

「嗯，一個被大老闆囚禁了多年的人。」火兒：「愼防大老闆轉攻城寨，所以我想你們守城。我一辦完事，便立即回來。」

「信一知道了嗎？」

「知道。」

「那，你明天小心。」

既然火兒已有計畫，十二少也懶得說什麼「我跟你一起去」、「我不會讓你冒這個險」這些沒營養、又婆媽的話。

此時，信一拿著一袋啤酒走過來：「你倆怎會約在這種地方會合的？」

「最晚是你，還說什麼龍城第一刀，我倆一早完事，看了幾場戲啦。」火兒從袋裡拿出一罐啤酒。

「你們不在現場，當然不知剛才有多凶險。我以爲『暴力團』的賭館不會有太多人馬，所以只帶了兩名門生上去，豈料突然殺出幾十人出來，個個手執開山刀，我砍到手臂發軟才能走出來。」信一把一罐啤酒遞給十二少：「我現在滿身大汗，喝完啤酒快起程去浴池洗澡兼按摩吧！」

「不用急，先坐下來回回氣。」火兒喝了口啤酒。

戲台上，正上演《三國演義》之「桃園三結義」，劉、關、張三人剛在市集初遇的戲碼。

劉備：「我本是漢室王朝的宗親，姓劉名備。我之所以嘆氣，乃因見天下大亂，恨不得為國盡力呀！」

張飛：「既然這樣，我家還有些錢財，拿出來招些鄉兵，咱們一起闖番事業，怎麼樣？」

台下的信一瞄了瞄火兒和十二少，心道：「《三國演義》？天亮也未做完呢……他倆想看到何時啊？」

二人似看得很入神，信一也不敢打擾。

沉默良久，火兒首先開腔：「兩位大哥，這場仗，不單只是我們和大老闆的私人恩怨，更關連著整個地下秩序的命運。」

「這麼誇張？」信一抓抓耳窩：「請發表偉論，小弟洗耳恭聽。」

「現下江湖，人力與財力最雄厚的，絕對是『暴力團』。哥哥在世時，大老闆還會對『龍城幫』忌憚三分，可最近大老闆四出挑起火頭……雖然他未必知道哥哥已過世，但肯定洞悉到哥哥不行了。」火兒：「所以他才會如此放肆，擴張『暴力團』的版圖。」

「我們向『暴力團』發動了攻勢，大老闆之後的矛頭便會直指『龍城幫』與『架勢堂』！」信一喝光一罐啤酒。

「如果我們不爭氣，打敗仗，到時整個江湖也無人敢再反抗，大老闆真的可以橫行天下。」十二少。

「沒錯，所以這一戰，我們無論如何也不可以輸！」火兒像是記起什麼，忽然靦腆卻又堅定地說：「兩位大哥，擊敗大老闆後，我們一起實現夢想吧！」

「什麼夢想？」

「我要和你們統戰江湖，三分天下！」

三分天下，這是多麼瘋狂的夢想！

十二少裝作吃驚道：「你的夢也眞夠瘋！」

火兒笑了笑，把自己一直以來的想法告訴最好的朋友：「我們沒法選擇在哪一個地方出生、沒法選擇自己是有錢人還是窮人，但我們卻可以選擇一條怎樣的道路。有人選擇庸碌一生，我卻不甘平凡，選擇勇往直前，既然人生匆匆，何不活得轟轟烈烈，我希望臨死之時仍能夠無悔一生！」火兒深深吸了一口氣：「所以我有夢想，而且是最瘋最狂的夢！」

夢想，哪一個人沒有？只是大部分人縱然有夢都不會實踐，他們總有種種理由推翻自己的夢，想當音樂家的，起初一股熱誠，幾個月過後遇到了樽頸關口，然後說：「我從來沒有放棄過當一個音樂家的偉大夢想，可惜我沒有天分，所以還是當不成音樂家了。」

想當舞蹈家的，卻從未認眞學習，然後推說年紀太大、骨頭太硬，輕易放棄了夢想。成不了舞蹈家，卻當了街市的豬肉佬，然後常常自怨自艾地說：「我豬肉佬何嘗不想成爲一個舞蹈家，只是我沒有麥可．傑克森（Michael Jackson）的運氣罷了。」

夢，不是空想便能圓，還需要拿出勇氣不斷地付出、然後經過失敗；付出、失敗；付出、失敗；再付出、再失敗，付出和失敗輪迴無數次才能達成。

十二少知道火兒並不是那種隨口說說、只憑空想的人，但他的夢卻不是憑努力和決心便能完成。

火兒瞄向信一笑說：「一點反應也沒有，你認爲我在癡人說夢？」

「不，只是我怕你目標太大，有夢難圓！」

「是嗎？」火兒望著十二少緩緩說：「我認識一位朋友，他無父無母，自小就在龍蛇混雜的地方打滾，爲了生活，他當過馬伕（操控性工作者）、賣過毒品，後來染上毒癮，更受過牢獄之苦，當全世界都認定他翻不了身，他卻突然開竅，在江湖路上不斷發奮，三年後名頭開始響起，五年後擢升爲幫會的頭目，七年後門生過千，成爲『架勢堂』的領袖級人物，公認爲香港黑道新一代的天王巨星！」

十二少瞪大雙目：「！」聽得一陣熱血湧起，雙拳握緊得勒勒作響，因爲當日的癮君子，就是今日雄霸廟街的自己。

火兒眼光如火：「既然當日『他』能爲自己製造奇蹟，爲何我們三人不能締造另一段江湖神話？」

火兒、十二少與信一，都是百年一遇的梟雄人物，誰都不能估計他們聯手所爆發的威力有多巨大。

他們，眞可擁有改變一個江湖朝代的大能！

戲台上，剛好演到結義的一幕。

劉關張對天起誓：「今日我們三人，劉備、關羽、張飛拜告天地，結義於桃園，立誓同心協力，上報國家，下安黎庶。從此結爲異姓兄弟，雖不同生，但求同死，福禍同當！」

「這齣戲演得太合時宜了。」信一舉起啤酒：「來，祝我們馬到功成！」

火兒與十二少亦舉起啤酒，三人碰過罐，豪情暢飲。

這三個來自不同幫會、不同社區的男人，因爲緣分而走在一起，成爲好友，結爲知己。

今晚過後，他們的友情再度升溫，從此便視對方爲出生入死的——兄弟！

4.2 還妳自由

決戰當日，黃昏時分。

火兒竟然好整以暇，獨自在黃大仙街頭漫步。

不遠處傳來一陣親切熟悉的音樂聲。是〈藍色多惱河〉。

走過馬路，火兒來到停泊在小學校門前的雪糕車旁，對司機說：「一杯軟雪糕。」

雪糕車司機弄了一杯三圈軟雪糕給火兒。

火兒付了錢，接過雪糕說：「謝謝黃伯伯。」

到火兒走開，黃伯伯才抓抓後腦杓，一臉不解，爲何這氣宇軒昂的男子會知道他姓黃？每一天，從眼前這所小學走出來買雪糕的學生那麼多，黃伯伯又怎能記得每一個？而且當天那條鼻涕蟲，早已經蛻變成龍。

然而，此刻舔著軟雪糕的他，仍然記得雪糕車伯伯名字的他，即使滄海桑田，卻有許多東西，依然未變。

譬如說，感情。

「雪糕不管什麼時候都這麼好吃。」

大戰快到，火兒卻一邊哼著〈爲你鍾情〉的旋律，一邊吃著軟雪糕，好一副優哉游哉的樣子。在這場生死相拚之前，不知道是有心還是無意，火兒信步來到久違了的母校。

走進放學後的校園，有一份悠然的寧靜，操場、走廊、小賣部，還有那簡陋的籃球架，一磚一瓦都和他的記憶並無太大分別。

重遊故地，昔日的校園生活又再湧現眼前。

走廊上：曾因爲遲到而被老師罰企。

小賣部：他想起自己一到下課就衝去光顧，果然肥得有道理。

籃球架下：吃過波餅而絆倒。

操場裡：第一次看見他的夢中情人。

那一個戴著哈哈笑手錶的雙辮小妮子。

「先生。」倏地一句，叫停火兒，也把他的思緒從記憶中帶回現實。

一位戴著金絲眼鏡的Miss走到火兒身邊說：「請問閣下有何要事呢？」

火兒笑笑口，搖搖頭。

Miss托托眼鏡框，瞇眼打量火兒說：「先生，你很面善。你是我們學生的家長？」

火兒還是笑笑口，搖搖頭。

Miss思索：「我一定見過你，你是……」

「我們當然見過啦，因爲我曾經是妳的學生啊，劉老師。」

「我認得你，你是……陳靜兒同學！」

「劉老師眞厲害，竟還記得我的名字。」

「眞的是你嗎？當年你是個大胖子，現在俊朗得多了！」

「都說劉老師的記性特別強，果然沒錯。」

「我對你的印象很深啊，因爲我記得你人小鬼大，小小年紀就有暗戀對象嘛！」

「妳怎會知道的？」

「我觀人於微，你的一舉一動又怎能瞞得到我。回想起來，那個綁雙辮的女同學又的確很討人喜歡，可惜你始終沒有行動。」

「當年我那副模樣，哪有膽子啊。」

「你現在就不同了，有型有款。不過事隔多年，就算她在街上看見你，恐怕也認不出你啊。」

火兒莞爾一笑。

劉老師打趣地問：「你現在還是喜歡她嗎？」

火兒不語。

「不回話即是默認，長情種子啊。那當年我特意替你倆拍的照片，你還有沒有留著？」

「那張相，被我現在的女朋友沒收了。」

「初戀無限美，你女朋友當然不想你記住初戀情人啦。」

「哈哈。」火兒笑笑：「劉老師，我要走了，待我辦完事情後，再帶我的女朋友來見妳，請妳吃飯！」

「好哇！」

劉老師在學校大門目送火兒離開，直至他的身影消失，才轉身走回學校，準備繼續批改那些永遠批改不完的作業。

料不到卻又給她遇見另一位舊生。

眼前亭亭玉立的可人兒，正是她剛剛才跟火兒談起的雙辮小妮子。

可愛的藍男同學。

「藍男同學？」

「劉老師，好久沒見了。」

有人說過：熱戀中的情侶的腦電波會互相影響，很多時候，都會與對方說著同一句話、產生同一樣的想法。又或，不謀而合，回到他們邂逅的地方。

「怎會如此巧合！十多年來你們也不曾回來，今天竟一先一後的走到這裡來。」

「什麼巧合？又什麼一先一後？」

「妳還記得陳靜兒同學嗎？他剛才也來過啊！」

「真的嗎？」藍男縱使面色不改，但其實心裡漏了半拍。

「我怎會無故扯謊。」劉老師說來文藝腔：「你倆從小學起就玩著這追逐遊戲。」

「追逐遊戲？我不明白妳的話，劉老師妳可否說得清楚一點？」

「陳靜兒一直都很喜歡妳嘛。他小一的成績不太好，人又懶，所以第二年就被編入了成績最差的D班。小二下學期他的成績卻突飛猛進，成爲全班第一名，給考進三年A班。」劉老師望向教室，思緒回到從前。「當我以爲那小子開竅之時，他那一年的成績又再一落千丈。本來小學生的成績有起有落是很平常的事，但差別那麼大還眞是很少見，於是我開始注意他，竟讓我發現他人小鬼大，常常留意著鄰班一個女同學——就是妳！」

藍男有了笑意。

「於是我查閱妳過往的成績，斷定他之所以有那麼大的變化，全是因爲妳。」

藍男指著自己的鼻頭：「因爲我？」

「妳還不明白嗎？他想跟妳成爲同班同學啊！」劉老師續道：「入學的時候妳成績明明很好，但小二的期考妳卻考得很差，所以小三就被派到D班去，而陳靜兒則去了A班。」

藍男記得，那一年因爲父親的離開，所以她無心向學。

「到第二年妳的成績有所進步，他又變差起來。這樣一年又一年，枉費那小子做了那麼多，你們卻總不能成爲同窗。直到最後一年，你們的成績都無法接近。本來呢，你們是不能讀同一班的，但我見陳靜兒喜歡了妳五年，那年我又剛巧當上了主任，於是便做了點手腳，把你們編爲一班。」

「是這樣嗎？」藍男笑意更深。「想不到陳靜兒那麼鬼馬，竟暗地裡搞了那麼多小動作。」

「還未算啊，更鬼馬的陸續還有！只可惜，你倆總差那麼一點點緣分，這麼近又那麼遠，今天這麼難得卻又遇不上。」

藍男雙眼閃閃發光，笑得古靈精怪：「也沒什麼可惜啊！不如妳快說來聽聽，他還搞了什麼鬼？」

「記得有一次作文課，題目是有關勇氣的。妳說妳心目中最具勇氣的表現，就是不怕在眾目睽睽下，爲喜歡的人在台上獻唱。我把妳的作文影印了副本，夾在陳靜兒的那一份裡面。」劉老師笑著說：「之後學校的表演比賽裡，他選擇了一首情歌參賽，歌名叫〈梨渦淺笑〉。他要唱給誰聽？妳知道啦！」

「有這樣的事嗎？爲何我不知情的？」

「說來替他難過，那一天妳竟請了病假。所以說，你倆無緣又無分。」

此刻藍男同樣不知情，火兒已準備了另一首更窩心的歌曲，在不久將來爲她獻唱。

許多年前撒下的緣分種子，終有一天會開花結果。

「劉老師，當時我們只是小學生，談什麼緣分啊。」藍男難得害羞，邊說邊拿出錢包：「給妳看一樣東西。」

打開錢包，裡面有一幀十三年前的照片。

趨近一看，看仔細了，劉老師不禁訝然愣住：「這……不就是我替你倆拍的那張照片？」

藍男俏皮地眨了眨圓碌碌的眼珠，促狹地笑，緩緩點頭。眼前小妮子的這個表情，和十三年前那個機靈小女生的模樣，重疊了起來。她又想起火兒方才憨憨的樣子，其實也和小時候的感覺並無兩樣。

當年這對兩小無猜，穿越了時空，原來、已經、終於，走在一起了。

同日，晚上。

憤怒的大老闆駕駛著黑色保時捷跑車，在黑夜的公路上以時速一百二十公里向戰場進發。

尾隨保時捷的十架重型貨櫃車，貨櫃裡面藏滿「暴力團」人馬，大老闆動用了大量兵力，矢志要在今晚擒下火兒。

大老闆自言自語：「龍捲風也不敵於我，火兒憑什麼跟我鬥？」

大老闆對自己實力一向信心十足，不知怎地今夜心神卻忐忑不安，不停在自言自語，出奇地緊張。

「暴力團」的炒籌黨早在恭候龍頭駕臨，大老闆到達地盤後未見動靜，遂與門生走到不遠較隱蔽位置，欲來個螳螂捕蟬、黃雀在後。只要火兒一出現，就把他們重重包圍。

一小時過後，大埔地盤仍然偃旗息鼓。

「怎麼火兒還沒出現？難道他突然改變主意，臨陣退縮？」

再過了半小時，一樣了無動靜。

「他一定是怕了我，窩在被子內了！不不不，他詭計多端，可能有什麼陰謀！」

大老闆開始覺得事有蹺蹊。

又半小時後，他突然靈光一閃，驀然驚覺。

大老闆走出車廂，突然大喝：「糟了！」

幾個門生衝上來：「老大，發生什麼事啊？」

大老闆張大了口：「我他媽的中計了！」

油麻地果欄。

火兒調虎離山，引開大老闆，只爲拯救一個悲劇人物。

他來到一堵大門前，深深呼吸，提起右腳，然後猛力一踹。

大門破開，裡面有一個瑟縮在床上的少女——喵喵。

嚇了一大跳的喵喵看清來人，隨即喜道：「火兒哥！」她想不到火兒會到這裡來，心中又驚又喜。

驚，是因爲火兒踏入了大老闆的禁地。

喜，一個月前大老闆強攻城寨後，被軟禁的喵喵對外面的消息一概不知，她以爲火兒已經死了，沒想過有生之年能再與他見面。

乍見朝思暮想的意中人，喵喵喜極而泣跑前，可是當她奔至火兒身前約一呎，卻猛地停下，跪在地上。

「咳咳……」喵喵窒息似的不住咳嗽，還吐出了縷縷血絲。

喵喵的模樣我見猶憐，火兒正要走上前把她扶起，才看到這女孩的頸項，給套上了一個連著鐵索的鋼製頸環。

她，明明是一個人，卻像寵物般給困住，封鎖了她的自由、封鎖了她的青春。更令人咋舌的是，鎖住喵喵的人，竟然是她的生父！

喵喵抬起頭來，強裝出一個笑容，雙唇卻在不停顫抖，嘴角也不由自主地向下彎。她很想忍住眼淚，但還是湧了出來。

喵喵哭著說：「能再見到你眞是開心，一開心就哭了，嘻嘻。」

在這種環境下生活會開心嗎？喵喵愈不想火兒感到難過，他便愈感痛心。

自從那次喵喵出走到城寨之後，大老闆就以特製的鐵索鎖住她。

喵喵拭去眼淚：「火兒哥你不可以留在這裡的，爸爸發現你的話一定會殺掉你啊。」

「大老闆怎可以這樣對妳……」撫摸著粗大的鐵索，火兒不可置信地說：「他簡直不是人！」

火兒有備而來，從布袋取出一把工業用途的大剪刀。

「沒用的，這鐵索是爸爸特別找人打造的，別浪費氣力了，快走吧。」

「反正也來了，就讓我試試看！」

火兒雙手抓緊剪刀的把手，向鐵索剪下去。

他運盡全力，鼓得兩臂紅筋展現，臉目赤熱，全身血管快要爆裂開來似的。

喵喵心知這條鐵索連電鋸也不能將之切斷，幽幽地說：「火兒哥，算了吧！」

火兒沒回應，也沒放棄，他是那種不到黃河心不死的硬性子。就因爲他是這種人，才能夠爲世間帶來希望，在他命途屢創奇蹟。

今天，奇蹟又再在火兒身上發生。

鐵環因爲強大的壓力而出現裂痕。

然後……

鏗——

「鏗」的一聲，鐵索斷開！大剪刀亦同時崩解。

不可能發生的事發生了，火兒竟把那條大鐵索給剪碎。

破開的鐵索叮叮噹噹撒滿一地，喵喵看得目瞪口呆，不敢相信眼前事實。

「火兒哥……你怎會變得這麼厲害？」

火兒沒有回話，環視屋裡每一事物。

床架上滿是不同款式的項環。

電視機並沒接上天線，所以接收不到任何電視節目，只可以收看大老闆爲她備好的《叮噹》錄影帶。

書桌上找不到漫畫、小說、甚至課本，只有一堆果欄的帳目單據。

還有鐵柵窗花以及設在每個角落的閉路攝錄機。這根本是一間二十四小時的監察牢房！

大老闆不單是要控制住喵喵的人生，還要把她的隱私完全剝奪！

這就是喵喵度過十數寒暑的地方？

火兒看得好生難過，心在絞痛、滴血。

火兒的心在想：

妳在這個地方熬過了多少個晚上？

妳在這個地方流過多少眼淚？

這個盛滿了痛苦與淚水的地方，今天以後不會再存在。

因爲我將要把這裡徹底毀掉。

轟——

火兒用他的拳，擊碎了睡床。

轟——

又一拳，砸爛了電視。

轟——

再一拳，震毀了書桌。

轟——

最後一拳，轟向窗戶。

窗花及玻璃被強大的拳力粉碎，弄出一個大洞。衝擊力傳至每個角落，將屋內的攝錄機全部震破。

此時，大老闆與王九折返果欄，剛好目睹屋子的窗戶破碎，漫天飛灰。

大老闆竟被嚇得傻了眼，久久未能說出一句話。

火兒對身後的喵喵說：「留在屋內，不要出來。」

說罷，他便站在那堵破開的石牆前，俯首而望，睥睨不遠的大老闆，大有傲視萬物的皇者風範。

大老闆，怒不可遏。

火兒，倨傲凜然。

「大老闆？」火兒吐出一口濃痰：「咳——吐！」

由內力驅動的濃痰射程奇遠，直飛向數十米外的大老闆之處。

痰如子彈，來勢驚人，江湖第一巨人也要側身橫閃。

火兒擊掌大喝：「Bingo－！」

大老闆大駭：「啊？」

大老闆以爲避開了「飛劍」，豈知一閃過後仍覺臉上濕漉漉的，以指頭一拭，感到那又黃又濃的穢物竟黏在臉頰。那種觸感，叫天不怕地不怕的狂人猛起雞皮疙瘩，做了個不知怎樣形容的古怪表情。

火兒彎腰大笑：「哈哈哈哈，火兒飛劍，例不虛發。你是避不了的！」

看著指頭上的穢物，大老闆雙目噴出高溫烈焰。火山，要爆發了！

大老闆大吼：「吼吼吼吼吼吼——！」吼聲震徹九霄，王九一躍而起，撲殺向二樓大洞的獵物。

「索索。」王九上了電般亢奮地說：「我嗅到很強的氣味！來來來，給殺了我，給殺了我！」

火兒冷眼一瞅：「你來得正好，我要代我師父收回你這爛賭鬼的武功。」

4.3 最後的戰役

出城前一晚，火兒與阿柒，曾有過一段對話。

「火兒，答應我，見了王九，給我廢掉他的武功。」

「好。」

「你不問究竟？」

「你想說，自然會說。」

阿柒心想：「好小子，竟看出我今晚想盡吐心事。」

「好，既然你想知，我就說給你聽吧。」（根本是自己想說）阿柒輕輕地吐出煙圈，故作淡然地說：「王九跟我是少林寺的同輩師兄弟，我排行第七，他排行第九，原本感情相當要好。九師弟悟性很高，短短幾年已盡得師父眞傳，被喻爲最有前途的佛門新星。

「可惜他六根不淨，好賭成痴，經常偷偷下山賭錢，一去便好幾十天。他賭技差、沒運氣、人又蠢，錢輸光了，就到藏經閣偷取祕笈變賣。」

火兒：「王九眞是膽大包天。」

「藏經閣祕笈愈來愈少，終有一天東窗事發，師父決定把他逐出門，並要廢掉其少林武功。九師弟不肯就範，與師父大戰了一整夜。我眼見師父穩佔上風，以爲他必勝無疑。」阿柒支支吾吾：「豈料……豈料九師弟竟使出下三濫的陰招，咬向師父的……把他的……咬掉……」

火兒緊張地追問：「你吞吞吐吐地說什麼，王九到底咬掉你師父哪個部位？」

阿柒皺眉說：「乳頭啊。」

火兒五官擠在一起，大叫：「Oh, shit!」只是聽，已教人感到痛楚。

「撕心的劇痛令師父失去出家人的慈悲和冷靜，腎上腺素激增，不但在瞬間迫發出超強力量，更如一個躁狂街市阿伯爆出十八個字的粗言穢語，重創九師弟頭顱。九師弟自知難以匹敵，立即落荒而逃。

「掉了乳頭的師父千叮萬囑，叫我無論如何也要爲他復仇以及收回九師弟的武功，於是我就下山去了。經我連番追查，得知他來到香港，改了王九這個爛名，並加入了『暴力團』，人到中年才當上黑社會，唉……

「再遇上九師弟的一晚，我與他展開了一場死戰。他雖變得神智不清，但武功卻更勝從前，我想師父重轟他頭顱的一擊，把他弄瘋的同時，也將他腦部潛能激發出來。」

「即是西環碼頭黑幫大火拚，我初遇你的那一天。」

「沒錯。可惜我敵不過他。當晚我雖然能將他擊退，但其實他已震破了我的經脈，爲我帶來永久傷害，武力再也不復當年。」阿柒拍拍火兒肩膊，正色道：「火兒，你是我唯一的希望，我相信你有成就大業的本事。就讓那群邪魔外道見識一下——我阿柒和龍捲風傳人的厲害！」

火兒聽得熱血上湧：「好！」

「給殺了我！給殺了我！」

王九祭起劍指，從地面躍起，雙腿以拾級步法在虛空中踏步而上。

火兒：「哦？水上飄！」

眨眼間，王九已來到火兒面前，他腳踏大洞前的鐵皮簷篷，右臂一動，劍指已然戳出。

一年前，火兒就是被這劍指在身上戳穿出六個血洞，如今這一招又再來了。

「怎會這樣的……」火兒駭然：「你的動作怎會這樣——慢？」

當日快得連肉眼也不能看見的動作，此刻竟變得如慢鏡般緩慢。

事實上，並非王九的動作慢了，而是火兒的五感比從前強了很多。

強得連他自己也不太相信。

王九的劍指直取火兒右目。

「吔——！」

然後，一聲來自王九的慘叫。

電光石火間，火兒一手套住了王九的劍指，發力一扭，便把他引以為豪的劍指折斷了。

「你很弱！」火兒一腳踹向他的腹肚，把他從二樓踢回地面。

王九成大字形倒在地上。

火兒尾隨而下，再一腳蹬在王九心口，地面也給震出了裂紋。

「哇——！」王九發出一聲慘嚎。

「我還沒玩夠。」火兒抓住王九因重傷而發腫的食指，猛力一拉，把他從地面給扯起。

「哇——救命呀！」十指痛歸心，王九傷了的手指，正承受著自己體重（一百五十磅）的拉力，任他再強再酷，也得大叫救命。

王九露出不曾出現的慘樣：「給饒了我，給饒了我，給饒了我，給饒了我，給饒了我！」

火兒嘆一口氣：「唉！之前叫我殺你，現在又叫我饒你，你這種五時花六時變的性格弄得我很混亂，你到底要我殺你還是饒你啊？」

「殺我。」王九猛地搖手：「不不不，饒我！」

「真拿你沒辦法，我不殺你，也不饒你。」火兒一拳打在他的下體。「我要廢了你！」中拳的王九身體往後疾飛，撞破了果欄內幾個單位的鐵閘，翻倒了無數生果箱子，最後倒在百呎之遙的榴槤堆中，背門被刺出數十個血洞。

估不到，火兒只用了不到五分鐘，便將大老闆的祕密武器收服，把他轟至經脈盡碎。

火兒雙手十指交叉，反手一拗，鬆鬆筋骨。

「幹掉一個。」火兒指著離他約二十多呎的大老闆：「光頭老闆，輪到你……」

話語未畢，火兒忽地呆了下來。他的氣焰，洩了氣。

把看到的影像傳送到腦部，火兒愣住了兩秒，才能把眼前事物理出頭緒。

他感覺望出去的世界有點模糊，只因，他的雙目不受控地湧出了淚水。

他用手背拭目，勉強壓下加快了的心跳和天旋地轉的暈眩感，可是卻壓不下激動之情，衝前大喝了一個字——

「媽！」

媽！一個血濃於水的字眼。

大老闆身旁站著的，正是火兒的親生母親！

火兒不敢相信，自己一直以爲被大老闆殺害了的摯親，竟會再次出現眼前。

火兒忍不住衝上前。

大老闆一手抓住老婦的後頸，喝道：「站著！」另一手撕下她嘴上的大膠布。

「阿兒，不要理我，走啊！」

母親沒有死去。母親沒有死去。母親沒有死去啊啊啊！

火兒隨即回想一年前的人肉火鍋，除了那隻指環，的確沒見到人體的其他肢體。

那頓火鍋，煮的原來不是人肉，而是大老闆的惡作劇！

眼前的母親完好無缺，火兒喜極而泣，但雙手又不由得劇烈顫抖，因爲他很可能隨時再一次失去這位好媽媽。

顫抖由雙手傳到雙腿，腳下一軟，硬錚錚的漢子跪在地上：「大老闆，我求你放了她，你要的人是我。我現在過來！」

刻下沒有比救回母親性命更重要的事，火兒一生中也未試過怕得發顫，更未試過俯首稱臣。今天他爲了「死而復生」的母親，放下所有尊嚴，卑微地跪在這個畢生宿敵的面前，以膝代步，一拐一拐地走近大老闆。

前行了好幾步，有一雙手把他的身體抱緊。火兒感到，這一雙手充滿著無限溫暖。這雙手，他曾經握過好多次，那種窩心的觸感，火兒至今不曾忘記。

老婦哭著道：「阿兒！」

火兒捉緊母親雙臂，感到有股暖流湧上心坎。錯不了，這是實實在在的一副血肉之軀。

母親脫險，火兒立即站起，把她拖到自己身後，然後裝起架式擋在她的身前，凝視眼前這個還不知是否敵人的敵人。

他竟發現，大老闆的雙目也似泛起了淚光。

大老闆潸然淚下：「母子團聚，眞的很感人。」

「你想怎樣？」

「我想還你母親。」大老闆拭去眼淚：「這一年來，天天有魚有肉，有時我晨運後經過麥當當，還會順便買個早晨全餐給她，保證沒有待薄她。」

「大老闆，你到底爲什麼捉走我媽？」

「還不是爲她好！一年前我對你趕盡殺絕，生怕有人會對伯母不利，於是便把她捉回來，只有留在果欄，她才有百分百的安全。」

「你把我媽捉回來，爲了保護她？」火兒簡直不敢相信自己的耳朵，又道：「那你又爲何把她的指環掉入火鍋裡？」

「哼！你身爲黑道中人，仇家滿天下，竟不顧我女兒的人身安全，打她主意，所以我要你吃吃苦頭，讓你嚐嚐失去親人的感受。」大老闆交叉雙手：「我雖然恨你，但我從來沒想過傷害伯母，虐待婦孺這種人神共憤的事我絕不會幹！就算我殺了你，也一定會照顧她一輩子。」

大老闆的獨特邏輯思維，叫火兒難以理解，亦難以接受。

「好死不死你避走城寨，令我殺不了你。爲免伯母落入其他壞份子的手上，我唯有一直把她留住，直至幹掉你爲止。」大老闆嘆口氣：「這一年，我無時無刻都想殺掉你，不過剛才見你們母子團聚這麼感人，你又如此孝順，眞的下不了手，只能怪我太感性、太易動情了。我大人有大量，決定跟你談和。」

談和!?火兒只覺得這句話比任何的詞彙都更難理解。

「我跟你仇深似海，怎能說算就算？」

「請問我跟你有什麼仇恨?」

火兒窒了窒，的確，他對大老闆的仇恨建基在他母親之死，現在知道她安然無恙，對大老闆的恨意立時消了大半。

不過要跟大老闆和好，那是不可能的事，況且他還不知道大老闆的心在想什麼。

火兒盯著大老闆：「一年前，你派人追殺我的帳怎樣算?」

「前幾天，你也動了我不少人，搞砸了我多個地盤，令我損失慘重。這筆帳又怎算?」大老闆：「我們是黑幫，根本免不了仇殺，怎能說得清誰對誰錯呢?」

大老闆的話看似歪理，但火兒想深一層，自己初出茅蘆時，也曾試過傷及一些沒有直接仇怨的敵人。

只要一入江湖，仇殺總難避免。如果不想樹敵、不想沾血，一開始就不要吃黑道的飯。

火兒咬牙說：「龍捲風的帳又怎樣，你跟他一戰之後，他就死了!」

大老闆愕然：「龍捲風……死了?!」

驚聞宿敵的死訊，大老闆竟然有點失落。火兒從他雙眼看出，他那難過之情絕非貓哭老鼠，而是出自眞心。

「那一擊，眞的是迴光返照。」大老闆問得黯然：「他死的時候安詳嗎?」

「算是安詳。」火兒也不知爲何會回答他，又道：「但他始終都是死在你手，這筆帳我要替他跟你算清！」

大老闆語帶不解：「我和他公平一戰，他戰死沙場，有什麼帳要算？」

是的，兩人當日之戰相當公平，生死本就各安天命。

火兒忽然覺得，對大老闆的恨意好像消失了。

他們還有決一死戰的理由嗎？

他們之間的恩怨，眞能如此輕易一筆勾銷？

「只要你答應以後不再見喵喵，我倆從此各走各路！」

火兒全身繃緊：「你已封鎖了喵喵十多年的青春，我絕不會讓她再次落入你手，從今以後，她要得到完全的自由！」

「你是否瘋了？」大老闆：「我何時封鎖她的自由？」

火兒往身後穿了個大洞的房屋一指：「你以狗鏈把喵喵鎖在這不見天日的屋子裡，還算給她自由嗎？」

「我沒有封鎖她，我在保護她呀！」

「你耗盡她的青春、扣押她的自由，那不是叫保護，而是——禁室培慾！」

「我不知你說什麼。我只知作爲父親，就要愛她、疼她。」

「鎖住她，不讓別的男生接觸她就叫愛護？大老闆，你腦袋是否有毛病呀？」

「有毛病的人是你呀！我乃『暴力團』龍頭，滿街都是仇家，甚至連主動接觸她的男生，也有可能是對頭人的臥底。喵喵留在家中，才能確保百分百安全！」大老闆斷然說。

大老闆說得面色發白，愈說愈驚恐，火兒突然有所覺悟，思想與眾不同的他，對於愛護的定義，有另一種理解，或可說是歪理！

超級自我中心的大老闆，他所做的每一步，都是爲了喵喵著想，只不過，實在是用錯方法罷了。

「我不想跟你爭論下去，總之你不要再管我倆父女的事。」

「大老闆，你知不知道，喵喵在這環境生活，一點也不開心，活著也沒意思！」

「她怎會不開心？我給她看《叮噹》錄影帶，又讓她計算果欄的帳單，生活非常充實。」

大老闆以自己一套的方式教育喵喵，卻不知一直也爲女兒帶來極大創傷。

可能，大老闆的出發點眞的是爲了喵喵好；但是，對喵喵而言，他的「好」卻爲她架建了牢獄！火兒絕對不能把折返人間的喵喵送返地獄。

火兒鐵青著臉：「大老闆，喵喵從今以後也不會再跟你這套生存方式過活，她要自由，更要活得開心！」

「她現在已很開心！」

「她並不開心！」

大老闆勒緊拳頭，紅筋暴現：「我說她，很、開、心！」

大老闆最受不了別人違逆他意思。氣氛劍拔弩張，看來一場巨戰還是避免不了。

同一時間，九龍城寨裡。

身在賭館帳房的信一，連續抽了十八根菸後，步出了房門。

十二少和吉祥，在阿柒冰室吃過菠蘿油和西多士，結帳。

AV看完一盒新的AV錄影帶，也就離開他的天台屋。

四個承諾了火兒在這裡等待消息的人，不謀而合地走到城寨正北對出的大馬路上。

相遇了，卻無言。

既然大家都是熱血男兒，都有同一目的，那就毋須阻止對方，一起往戰場進發吧！

「我並不開心！」

火兒跟大老闆將要開戰之際，卻傳來這一句鏗鏘的話語。

聽在大老闆的耳裡更加是如雷貫耳，因爲話語是來自從來不會違抗自己意思的喵喵。

喵喵從火兒的背後走上來，大老闆與她面對著面，清楚看到女兒的表情是如此的堅定。

情緒起伏極大的大老闆突然怒吼：「喵喵，妳說什麼？」

大老闆語調嚴厲，照理喵喵該是怕得要死，但今日卻不知何來的勇氣，叫她可以果敢面對爸爸！

喵喵站在火兒身旁，面對著大老闆說：「爸爸，我並不開心！」

同一句話，直如驚雷，轟進大老闆心坎，帶給他前所未有的衝擊！

大老闆眉頭大皺：「我對妳那麼好，妳怎會不開心？是不是火兒要妳這樣說？」

「與火兒哥無關，這是我的眞心話。一直以來，我都過著非人生活……」喵喵徐徐說著：「你不許我跟任何男生接觸，因爲他們全都是壞人；不許我看電視，因爲任何節目都有不良成分，除了你自己喜歡的《叮噹》；不許我參加課外活動，因爲所有活動都有害無益；甚至不許我信奉天主，只准我參拜關雲長！」

大老闆茫茫然：「關雲長有什麼不好？」

「我受夠了！」喵喵大喝：「你就只想我做你認爲對的事，從來也沒有理會過我的感受。我是人，並不是一頭狗、一頭貓！爲何你要把我當成寵物般飼養！我這樣的人生，又怎麼可能開心？爲什麼你要這樣對我？爲什麼呀？」

自出娘胎以來，柔弱少女喵喵也未曾試過聲嘶力竭地破口大罵。或者，火兒的勇氣感染了她。又可能，她對大老闆的容忍度已到了臨界點，精神快要崩潰，令她豁出去了。

崩潰，可以令人抓狂失控，也可以令人意志消沉。

聽完喵喵的控訴，大老闆不慍不怒，卻感到——絕望！他頹然跪下，淚如泉湧：「傻孩子，原來妳一直都不開心，妳應該一早跟我說嘛。」

想不到大老闆的超強自我信念，最後被喵喵的三言兩語擊潰了。

大老闆就如一個面臨破產的億萬富豪，一夜間失去所有，活像一條沒金錢、沒希望、沒朋友、沒未來、沒權力的可憐蟲！

權傾朝野的狂人，精神瀕臨崩潰，大哭起來。

「哇哇哇哇哇哇哇哇——」

哭得像個大孩子一樣。

大老闆的脾氣，本來就像個孩子。看見他的可憐相，火兒竟有一點憐憫，向大老闆走前一步。

叮叮——

驀地，響起了鐵索聲音。

颼颼——

火兒感到一陣勁風在後腦掠過，回身望去，眼前一團耀眼光芒，灼得他雙目瞇成一線，不能直視。

待眼睛適應了強光，火兒隱約看見光團原來是出自一個人影。那個人影全身透出金光，雙臂開弓，分別抓著兩人頸項，把她們懸空舉起。

火兒瞳孔放大，雙目亦因所見的畫面而露出四白眼。只因被高舉的兩人，正是喵喵和他的母親。

當視力完全回復，火兒終於見到那光團的眞身。他是一個不可能再站起來的人——王九。

王九使勁，在他手中的二人痛得大叫起來。

「不要！」火兒、大老闆同時大喝。

太遲了，王九開弓的兩臂往內急推。

喵喵及火兒媽媽的面容因快速移動而變得模糊。

喵喵：「火……」

老婦：「阿兒……」

轟——

未及說出完整的一句話，她們的頭顱就撞在一起。

面與面的轟個正著。

王九放開雙手，兩具軀體反方向彈飛，成弧線往地面曲墜。

劇變迭生，一切來得太突然，大老闆嚇得呆在當場。

火兒接住母親的身軀。

懷裡的她，好慘好慘。

她的七孔，因猛烈撞擊滲出了血。

面骨碎裂了，腦袋爆破了，頭骨斷裂了，頭顱軟趴趴地往後垂。

剛與母親重逢，又再一次與她別離。火兒難過得全身抖震，咬破下唇。

心痛得無法言喻，只能對天狂嚎！

「不要——！」

火兒抬頭痛哭。未幾，只見他雙目充血，以最怨毒的眼神盯著王九，目光凶狠，邪惡！

火兒，已變成了一頭復仇惡鬼。

王九嗅了一嗅，咧嘴一笑：「我嗅到好強勁的殺氣，來來來，給殺了我，給殺了我。」

火兒眞的好後悔剛才沒有將他殺死，在這一刻，他甚至否定自己的性格，仁慈，只是他媽的迂腐！

火兒衝前，跟王九爆發第二度決戰。大老闆仍然獃獃呆著，望著躺在遠處的喵喵。

他不敢相信，也不願接受眼前這個事實，卻又阻止不了腦內出現的一個想法：喵喵死了！我的愛女死了！

火兒已向王九出擊，一拳轟在他的胸膛。

命中王九，火兒只覺他的身軀有如鋼牆一樣，牢不可破，反震得手臂發麻，給反彈飛開。

火兒往後飛退，剛好落在喵喵躺著的身旁。他瞄了她的軀殼一眼，又再躍起。

王九索了索鼻，表情失落：「殺氣強勁，但力量薄弱。你還是殺不了我。」

火兒運盡全力，一掌拍打在王九天靈蓋上。

噹——

全力一擊，只換來噹的一聲，王九依然分毫無損。

火兒心忖：「沒可能，他明明給我震碎了全身經脈，怎會安然無恙，而且還變得如此強橫？」

阿柒曾說過，每個人的心中，都有一種能喚醒他體內熱血的元素，當熱血流動，便會激發腎上腺素上升，令體內潛能短暫爆發。

火兒哪會想到，喚醒王九的熱血元素，就是死亡的快感。

剛才他被火兒轟至瀕死一刻，肉身雖痛，感覺卻是異常亢奮，體內熱血急速沸騰，不但力量暴升，更自行續回經脈。

最最最無天理的是，在王九熱血爆發的瞬間，給他悟出了少林絕學金鐘罩的竅訣，成了刀槍不入不死身！他的一身耀眼黃光，正是金鐘罩的護體氣勁。

火兒還有與之匹敵的能力嗎？

天靈蓋重擊失敗，火兒反受制於人，喉頭給王九的五指抓住。

「你殺不了我，殺不了我。」王九目露凶光：「那就要被我所殺。」

砰——

王九的頭顱好比一記千磅鐵鎚，撞上火兒面門。

火兒雙目差點給撞了出來，鼻血狂湧。

現下形勢，要保住性命，就得提升力量。

義憤填膺的火兒心中哼起了〈Gonna fly now〉的旋律，企圖喚醒體內熱血。

但他剛剛死了母親，傷心的情緒與〈Gonna fly now〉那種激昂感不相協調，熱血完全無法燃起。

王九的頭錘又來了，火兒像極一頭羔羊，任由屠夫宰割。

砰——

再受重擊，火兒腦袋似給炸裂開了。

王九往後揚首，第三記頭錘蓄勢待發。這一擊，準會把火兒的頭顱轟爆！

王九的頭顱驅前。

急風撲向火兒的臉。

同時，另一股勁風在火兒身後湧來。

「還我女兒命來！」

勁風，源自大老闆的鐵拳！

就在王九快要擊中火兒面門之際，大老闆的拳比他搶先一步擊中目標，轟向他的腹腰。

王九吃了重拳，五指鬆開，火兒藉機脫走。

火兒氣也不回，把握良機向王九出拳。

大老闆的第二拳亦也轟出。

雙拳同一時間落在王九身上。

嘭——嘭——

火兒做夢也不會想到，竟然會有跟大老闆合力戰敵的一天。

「吼——」王九吐勁，把二人震開。

火兒把握千金一刻在大老闆身邊說：「剛才我還感到喵喵的氣息，她沒有死！快送她到附近的醫院！」

「啊？真的？」

火兒推了推大老闆的背門：「快去啊！」

大老闆向火兒報以一個感激的眼神：「好！你撐住！」

說罷，大老闆便慌忙把喵喵抱起，走出戰圈。

戰場上，此刻只餘下王九與火兒。

若論實力，大老闆比火兒強，理論上應該由火兒把喵喵送往醫院，大老闆留下來應戰，這樣勝算會比較高。

不過王九是他的殺母仇人，火兒絕不能擱下大仇不報。

但是眼下形勢，兩者的實力有著很大的距離，火兒的勝機微乎其微，他如何能扭轉乾坤？

熱血！只要再一次領悟出燃燒熱血的奧義，他或許能跟王九一爭長短。

現在，王九距離火兒大約五十呎。

王九的腳步動了。殺機也動。

王九大喊：「給殺了我！」隨即一躍而起。

火兒只有五十呎距離的時間，燃點烈火熱血。

四十呎。

三十呎。

二十呎。

十五呎。

十呎。

火兒還未想到方法。

八呎。

六呎。

四呎。

兩呎。

王九戳出了劍指。

火兒也出拳迎敵。

嘞——嘞——嘞——嘞——嘞——嘞——

王九的指勁勢如電鑽、利如刀刃，把火兒的手臂絞至開肉綻血，血花旋飛。

他被王九擊離地面，整個身軀作一百八十度的在空中旋轉。

大老闆正以極速駛向目的地——醫院。

他不時回頭望向躺在後座的喵喵。

大老闆汗流滿面：「喵喵，快到醫院了，妳要撐住。」

車子轉了個彎，醫院就在前方不遠。

大老闆喜道：「見到醫院了。」

砰——！

突然一聲巨響，但很快，大老闆便感覺到四周的聲音彷彿停頓下來。

空間靜得有點可怕。

到底發生了什麼事情？

同一分秒，給震斷臂骨的火兒，也跟大老闆一樣，覺得四周的一切也靜止下來，恍如置身無重的太空。

火兒想到死亡。

他不覺痛楚，也不感到害怕，神志漸漸渙散，像是忘記了身處何方，也忘記了眼前的敵人。

如同斷線風箏墜落之際，他忽然看到藍男。和她的笑容。

那是他一生中看過的最美麗景象——藍男的笑容。

頃刻間，無數個露出微笑的藍男出現在他意識之中，塡滿了他的腦海。

每一個笑容，對他來說，都是彌足珍貴。

嘞嘞——

現實中，火兒手腕上的錶面裂開，劃破了哈哈笑的笑容。

喀咧——

意識中，所有的笑容，也像玻璃般裂開、碎落。

「如果我死了，以後我便無法再能看見這全宇宙最美的笑容。」

想到這裡，火兒感到一陣暖流充斥體內經脈，灼熱他每吋神經。他感到全身都注滿了力量。

——藍男的笑容，就是火兒的專屬力量！

平靜的四周，響起了藍男粗聲粗氣卻又無比悅耳的一句話：「他媽的非洲和尚，快給我起來啊！」

火兒在半空轉了一圈後，雙腳如樁柱直嵌地面，安然著地。

王九怪笑：「竟然還能站起來，有趣。」

火兒也微笑著：「原來，令我最感熱血的東西不是當日在城寨振臂高呼的畫面，也不是〈Gonna fly now〉這首配樂。」

「別廢話，給殺了我，給殺了我。」王九再次向火兒出指。

王九一指直戳火兒腰腹。

爆——！

一指過後，王九震驚非常。

他的指頭不但未能戳入火兒身軀，而且還當場爆破了！

王九望著爆開的一指，露出了不敢相信的怪異表情。

火兒握緊了拳頭、拉弓、發招。

嘭——

拳頭粉碎了王九的金鐘罩氣勁。

王九呆了：「哦？」

火兒盯著王九：「你，就給我去死吧！」

說完，火兒就轉身抱起母親的屍首，頭也不回地離開戰場。

留下來的王九望著自己的身軀，展露出從未有過的駭然神色，因他發現胸口的肉全不見了，只看到兩排外露的肋骨，以及一顆還在怦怦跳動的東西。

剛才火兒的一拳不但粉碎了王九的金鐘罩，還把他的皮肉震破。

王九整天也嚷著「給殺了我，給殺了我」，最後總算求仁得仁，死在火兒手上。

他的一生以殺人爲樂，壞事做盡，傷害了他的恩師，也傷害了他的師兄。如今正好利用生命最後的幾分鐘，爲自己好好懺悔。

趕到醫院的火兒，只見現場滿地血水，醫護人員忙亂地推著一台台滑輪病床在通道走，場面一片混亂。

就算火兒抱著母親的屍體，也無人理會。

照估計，似乎是發生了一場嚴重的車禍。

火兒很快發現，其中一台滑輪床的傷者，竟然是他的好友十二少。

除了十二少，還有吉祥、信一、ＡＶ。所有曾經跟他出生入死的朋友，都在醫院裡出現，而且個個都身負重傷，正進行急救，是生是死還是未知之數。火兒只感到天旋地轉，腦海一片空白。

急診室裡傳來醫生緊張的話：「傷者的心跳停頓，立即進行心臟電擊！」

火兒掀開急診室的布簾，驚見一副血肉模糊的身軀正進行急救，生死懸於一線的人赫然是他的宿敵大老闆。

「Clear-!」

大老闆的軀殼被電擊得彈起來。

火兒從沒想過，看見垂死的大老闆，竟然會出現不忍與難過的情緒！

「大老闆，你還未一統江湖、還未看《叮噹》大結局，你不可以死呀！」

大老闆正處於瀕死邊緣，那喵喵又在哪裡？

火兒急得如熱鍋上螞蟻，他好害怕揭開下一張的布簾時，會見到肢離破碎的喵喵。

到底發生了什麼事情？

十五分鐘前。

大老闆以極速駛向醫院的同時，十二少正駕駛著一部輕型貨車向果欄進發。

不知是陰差陽錯，還是命運安排，就在大老闆的座駕快到醫院的時候，十二少的貨車剛巧在不遠的對頭行車線上。

十二少：「那不是大老闆？」

十二少當然不知道大老闆跟火兒已經談和，一時間也看不到在後座躺臥著的喵喵。

他只看見大老闆臉上現出喜色，從而推算火兒戰敗。

又怎會想到大老闆的笑，只是因爲快到醫院而泛起。

坐在十二少鄰座的AV說：「撞過去！」

給他迎頭猛撞，十二少車廂內的人隨時也會粉身碎骨，但坐在這裡的，又豈會是貪生怕死的人。

信一附和：「撞過去吧！」

十二少：「好，兄弟們坐穩！」

十二少急扭方向盤，駛過對面行車線，然後——踏盡油門。

車子加速至時速一百二十公里。

十二少咬牙切齒：「大老闆，給我粉碎吧！」

時速一百二十公里的貨車迎面而來，任大老闆膽子再大，也嚇得魂不附體，一時間不及如何反應，就這樣跟十二少撞個正著。

轟——！

大老闆的車頭被撞至風琴防撞欄一樣凹陷。

十二少的車子如炮彈衝天飛。

離地飛到二十呎高空，車廂內的四人同時生出一個想法：我們雖不是同年同月同日生，卻能夠同年同月同日死！

碰——！

他們的故事、他們的生命，都會隨著車子撞落地面而結束嗎……？

終章

哥哥終於入土爲安，風光大葬後，今天輪到火兒媽媽的葬禮。

距離那場大戰，也已經一個多月。

喵喵再沒有恨爸爸了，她很堅強，比幾個江湖大哥康復得更快。是的，信信、AV、十二少和吉祥最終並沒死，只是「一身潺」，手尾長。奇蹟地，除了王九和火兒媽媽，竟沒有其他人在這場大戰中死去。

沒錯，連大老闆也活下來。

據大老闆所講，當日他被牛頭馬面拉入地府，以爲死定了之際，突然有一把聲音叫住他，提醒他未看《叮噹》大結局，給了他生存動力。

當他醒過來後，便對我們說：「是大雄和靜宜救了我。」因爲他還未看見二人結婚，所以不能死。當眞奇人有奇想。

江湖人愛說：「出來混，遲早要還的！」(注)。這句話蠻老土的，但卻是不爭事實。由於城寨裡有不少黑道中人，生離死別我早已見慣，出席葬禮比出席婚禮肯定還要多，不過來到沒有破地獄、喃嘸佬和香火的葬禮，今天卻是第一次。

想不到天主教儀式的葬禮是這樣寧謐。火兒媽媽是虔誠教徒，一眾天子門生暨關二哥的信徒都只得乖乖地跟著神父祈禱，祝願火兒媽媽可以安息，早登天國。

火兒說，他媽媽是個樂天派，如果她還在，一定不想看到大家哭哭啼啼，所以這天也只有幾個眼淺人哭了一會而已。印象中他媽媽的確是一個快樂師奶，記得有次不知是家長日還是表演日，家長們都來了學校，陳靜兒這死肥仔居然在大家面前放了個響屁。就在他尷尬得很之際，他媽媽竟也連放了幾個很有節奏的屁，惹得同學們都想發笑。但大家都怕吸入沼氣而捂著鼻子死忍，於是她笑笑口說：響屁不臭的，想笑就笑吧！後來，大家都笑作一團。

她就是一個如此疼愛火兒的好媽媽。

這一刻，我望向遺照中那笑得傻氣的她，在心中默默許諾：

請妳放心走吧！雖然我的滷水雞翼總是煮得不好，但我以後會盡全力去疼愛和照顧妳的兒子。

——我可以保證。

注：出自電影《無間道》經典對白：「出得嚟行，預咗要還！」

國家圖書館出版品預行編目資料

九龍城寨 / 余兒 著.--初版—台北市：奇幻基地，城邦文化發行；家庭傳媒城邦分公司發行
2019.4（民108.4）
面： 公分.–（境外之城：90）
ISBN 978-986-96833-7-1（平裝）

857.7 108002371

ISBN 4717702124267
Printed in Taiwan.

境外之城 090X

九龍城寨（電影《九龍城寨之圍城》原著小說電影海報書衣版）

作　　者／余兒
企畫選書人／張世國
責 任 編 輯／張世國
發　行　人／何飛鵬
總　編　輯／王雪莉
業 務 協 理／范光杰
行 銷 主 任／陳姿億
資深版權專員／許儀盈
版權行政暨數位業務專員／陳玉鈴
法 律 顧 問／元禾法律事務所　王子文律師
出版／奇幻基地出版
城邦文化事業股份有限公司
台北市 115 南港區昆陽街 16 號 4 樓
電話：(02)25007008　傳眞：(02)25027676
網址：www.ffoundation.com.tw
e-mail：ffoundation@cite.com.tw
發行／英屬蓋曼群島商家庭傳媒股份有限公司城邦分公司
台北市 115 南港區昆陽街 16 號 8 樓
書虫客服服務專線：(02)25007718・(02)25007719
24 小時傳眞服務：(02)25170999・(02)25001991
服務時間：週一至週五09:30-12:00・13:30-17:00
郵撥帳號：19863813　戶名：書虫股份有限公司
讀者服務信箱 E-mail：service@readingclub.com.tw
歡迎光臨城邦讀書花園 網址：www.cite.com.tw
香港發行所／城邦（香港）出版集團有限公司
香港灣仔駱克道 193 號東超商業中心 1 樓
電話：(852) 2508-6231 傳眞：(852) 2578-9337
馬新發行所／城邦（馬新）出版集團
【Cite(M)Sdn. Bhd.(458372U)】
11, Jalan 30D/146, Desa Tasik,
Sungai Besi, 57000 Kuala Lumpur, Malaysia.
電話：(603) 90563833　傳眞：(603) 90576622

封面插圖／人尤
封面設計／邱宇陞工作室
排　　版／極翔企業有限公司
印　　刷／高典印刷有限公司
■2024 年5月9日初版1.4刷
■2024 年5月16日初版1.7刷

售價／320元

廣　告　回　函
北區郵政管理登記證
台北廣字第000791號
郵資已付，免貼郵票

115台北市南港區昆陽街16號8樓

英屬蓋曼群島商家庭傳媒股份有限公司城邦分公司 收

請沿虛線對摺，謝謝

奇幻基地

每個人都有一本奇幻文學的啓蒙書

奇幻基地官網：http://www.ffoundation.com.tw
奇幻基地粉絲團：http://www.facebook.com/ffoundation

書號：1HO090X　　書名：九龍城寨（電影《九龍城寨之圍城》原著小說電影海報書衣版）

請於此處用膠水黏貼

奇幻基地

讀者回函卡

謝謝您購買我們出版的書籍！請費心填寫此回函卡，我們將不定期寄上城邦集團最新的出版訊息。

姓名：＿＿＿＿＿＿＿＿＿＿＿＿＿＿　性別：□男　□女

生日：西元＿＿＿＿＿年＿＿＿＿＿月＿＿＿＿＿日

地址：＿＿＿＿＿＿＿＿＿＿＿＿＿＿＿＿＿＿＿＿

聯絡電話：＿＿＿＿＿＿＿＿＿＿傳真：＿＿＿＿＿＿＿＿

E-mail ：＿＿＿＿＿＿＿＿＿＿＿＿＿＿＿＿＿＿＿＿

學歷：□1.小學　□2.國中　□3.高中　□4.大專　□5.研究所以上

職業：□1.學生　□2.軍公教　□3.服務　□4.金融　□5.製造　□6.資訊

□7.傳播　□8.自由業　□9.農漁牧　□10.家管　□11.退休

□12.其他＿＿＿＿＿＿＿＿＿＿＿＿＿＿＿＿

您從何種方式得知本書消息？

□1.書店　□2.網路　□3.報紙　□4.雜誌　□5.廣播　□6.電視

□7.親友推薦　□8.其他＿＿＿＿＿＿＿＿＿＿＿＿

您通常以何種方式購書？

□1.書店　□2.網路　□3.傳真訂購　□4.郵局劃撥　□5.其他

您購買本書的原因是（單選）

□1.封面吸引人　□2.內容豐富　□3.價格合理

您喜歡以下哪一種類型的書籍？（可複選）

□1.科幻　□2.魔法奇幻　□3.恐怖　□4.偵探推理

□5.實用類型工具書籍

為提供訂購、行銷、客戶管理或其他合於營業登記項目或章程所定業務之目的，英屬蓋曼群島商家庭傳媒（股）公司城邦分公司，於本集團之營運期間及地區內，將以電郵、傳真、電話、簡訊、郵寄或其他公告方式利用您提供之資料（資料類別：C001、C002、C003、C011等）。利用對象除本集團外，亦可能包括相關服務的協力機構。如您有依個資法第三條或其他需服務之處，得致電本公司客服中心電話 (02)25007718請求協助。相關資料如為非必要項目，不提供亦不影響您的權益。

1. C001辨識個人者：如消費者之姓名、地址、電話、電子郵件等資訊。
2. C002辨識財務者：如信用卡或轉帳帳戶資訊。
3. C003政府資料中之辨識者：如身分證字號或護照號碼（外國人）。
4. C011個人描述：如性別、國籍、出生年月日。

對我們的建議：＿＿＿＿＿＿＿＿＿＿＿＿＿＿＿＿＿＿＿

請於此處用膠水黏貼